AF345513

GHÉLONGO OU LE REMÈDE

BIBLIOGRAPHIE DES AUTEURS

Okoumba-Nkoghe

Paroles vives écorchées – (poèmes) –1979.
Rhône-Ogooué –(poèmes) – 1980.
Le soleil élargit la misère – (poèmes) – 1980.
La mouche et la glu – (roman) – 1984.
Adia – (roman) – 1985.
Olendé – (épopée) – 1990.
Nzébi – (épopée) – 2001.
Le signe de la source – (roman) – 2007.
Le rêve de Nyenzi – (roman) – 2010.
Le destin de Doussala –(roman) – 2011.
Le chemin de la mémoire (roman) – 2013.
Elo la fille du soleil – (roman) – 2013.
Entretien 1 – 2013.
Les béquilles de Tambi – (nouvelles) – 2014.
Duo en prose, (avec Parfaite Ollame) – 2015.
La courbe du soleil – 2016.
Ma Lydia – (lettres) – 2018.
Siana (roman réédité) – 2019.
Adia (roman réédité) – 2019.
Longo – (roman) – 2019
Comprendre Le signe de la source, (avec Parfaite Ollame) – 2020.
La confession de Hounga – (roman) – 2021
Le pacte d'Afia – (roman) – 2021
Ebarlare – (poèmes) – 2021

Efry Trytch Mudumumbula

Mimbi et le monde – (roman) – 2016
le chemin qui mène vers – (roman) – 2018
Chronique d'un Dieu oublié – (nouvelles) – 2020.
Le dernier forfait de Dolè in *Ce que le chien a vu à Nzeng Ayong* – (nouvelle / Collectif UDEG) – 2020.
Brasiers de vers – (poèmes / Collectif CODAAF) – 2020.
Même à distance – (poèmes / Collectif) – 2020.
Les vers de la vie – (poèmes avec Fath Kumbe Manduku) – 2021.
Bien conjuguer – (essai) – 2021
L'appât-science – (théâtre) – 2021.
Mémoire épluchée – (nouvelle) – 2021.

Okoumba-Nkoghe   Efry T. Mudumumbula

GHÉLONGO
OU LE REMÈDE

(Roman)

GNK
Editions

Gabon

ISBN : 978-2-37806-261-3

I

Sur cette plaine qui s'étendait à perte de vue, tantôt régulière, tantôt inégale, courait l'air frais de fin de saison sèche. S'envolaient des débris de tiges mortes, en tourbillon, tant était forte la violence du vent qui souvent balayait les provinces de Ndzobo, ce petit pays à cheval sur l'équateur. Mbalanga s'essuya les yeux qui piquaient et à nouveau se courba. Sur son front, le long de ses tempes velues, coulait la sueur. Elle sentit pour la seconde fois dans son ventre une secousse. Stoïque, elle continuait à sarcler.

Elle avait repéré ce coin de plaine un jour, alors qu'elle accompagnait Yondzi, son mari, récolter le vin de palme. À la faveur des pluies qui étaient arrivées, l'idée lui était venue d'y planter des patates douces. Le ruisseau voisin alimenterait les fragiles racines. Kina, son aînée, ayant eu la même pensée, avait déjà désherbé à proximité.

Mbalanga portait un ventre de sept mois. C'était sa troisième grossesse. Elle savait qu'elle n'avait pas encore atteint l'instant crucial où il fallait se préoccuper d'un moindre malaise. Faute de moyens, son mari et elle avaient décidé de se servir du vieux trousseau qui avait habillé tour à tour Eseki et Ombi. Âgés respectivement de quinze et dix ans, les deux garçons voyaient d'un bon œil l'arrivée de ce bébé. Ils souhaitaient vivement qu'il fût une fille. Courbée sur sa tâche, la jeune femme sentit bientôt un vertige, en même temps que se voilait sa vue. Elle se redressa, les mains sur les hanches.

— Que m'arrive-t-il ?

Était-ce le haut soleil qui, dans cet espace à ciel ouvert, avait trop tapé sur ses nerfs ? Ou ce vent violent, qui lui brûlait les tempes ? Dans un cri, elle perdit l'équilibre et s'écroula. Elle reprit connaissance dans une structure hospitalière. Autour d'elle il y avait du monde. Dans ses oreilles, c'était le murmure des abeilles. Ce murmure s'amplifiait puis, subitement, se dissipa. Bientôt, un silence total. Mais, ses yeux continuaient à voir. Des silhouettes… Et, quand elle se mit à flotter, à flotter comme un duvet, elle ferma les yeux.

Yondzi attendait dans une salle voisine. Pendant combien de temps y était-il ? Soudain, la porte s'ouvrit. Le médecin vint lui dire :

— J'étais obligé d'enlever l'utérus abîmé. Mais elle vit, l'enfant aussi. Quelques jours de soins intensifs, et les deux iraient mieux.

L'homme se mit à pleurer de joie ! Il avait cru perdre Mbalanga, le miroir de sa vie. Car avec elle, il avait réussi à vaincre la solitude qui l'opprimait à la suite de la mort de ses parents. Quand il obtint la permission d'entrer en salle, Yondzi croisa Kina sur le seuil. Elle ne lui dit rien et passa son chemin. Depuis qu'il était rentré d'Asie, la belle-sœur, qui avait élevé sa femme à la suite du décès de leur mère, le soupçonnait d'avoir trempé dans des pratiques louches. C'est ainsi qu'elle avait interprété l'origine de la stérilité secondaire de sa cadette. Avec l'âge, Kina s'alignait parfaitement sur les attributs de son nom : le doute l'assiégeait et le soupçon la ravageait !

Yondzi trouva sa femme assoupie et une infirmière debout devant la couveuse. Il alla tout droit vers ce tout petit-bout de chou dans son caisson de verre. Il l'observa, émerveillé de l'œuvre divine. Après le deuxième garçon, le couple n'espérait plus avoir d'enfant. La joie qu'avait causée la naissance d'Eseki s'était transformée en amertume longtemps après l'arrivée d'Ombi. Comme si ce nom même en était la cause !

— Quel est son sexe ? demanda-t-il à l'infirmière.

— Une fille.

— Une fille ? Mon Dieu, merci !

Il alla se pencher sur sa femme qu'il voulait remercier, oubliant que dans son état, Mbalanga ne pouvait ni l'entendre ni même partager sa joie. Alors, il revint vers l'infirmière qu'il étreignit jusqu'à lui faire perdre l'équilibre.

— Es-tu devenu fou ?

— Fou de joie, oui ! Avec la naissance, quoique difficile de cette gosse, ses frères seront aussi fous de joie que moi. Ce n'est pas leur maman, quand elle reprendra ses esprits, qui me démentira.

Émerveillée par tant d'enthousiasme, la bonne infirmière lui demanda :

— Quel âge ont-ils ?

— Mes garçons ont quinze et dix ans ! Le premier est en classe de seconde et le deuxième en cinquième. Ils sont merveilleux, si tu les voyais !

Yondzi a toujours été démonstratif, surtout quand il parlait des siens. Agriculteur dans une ferme d'État, il fréquentait en outre l'église Saint-Pierre avec femme et garçons, comme avant lui ses parents.

— Je comprends à présent !

— Que comprends-tu ?

— Le grand écart entre ton deuxième enfant et celui-ci est certainement la cause de cet état de choses. Le ventre d'une jeune femme est une chambre qui a besoin de lumière. Après un premier accouchement, l'espace avec le prochain ne doit pas être trop long. Sinon s'installent des toiles d'araignée qui obstruent les entrées.

Yondzi lui donna raison. Après la naissance d'Ombi, il avait séjourné six ans en Asie parfaire sa formation. C'est à son retour que la fertile Mbalanga ne pouvait plus concevoir. De nombreuses visites chez de nombreux spécialistes ne donnèrent rien. Un jour, à la grande surprise du couple, était intervenue cette grossesse ! Grâce à cette gestation, Kina avait repris à fréquenter sa sœurette… Ils en étaient là quand l'infirmier-major entra signifier au père la fin de la visite.

Des faubourgs sourdaient mille et un bruits. Dans ce jour finissant, le soleil jetait ses ombres sur les toitures à la tôle rouillée du quartier Beyeme, du nom d'un vieux qui en était le premier chef. D'une pompe publique se sentier se faufilait entre des cases vétustes, des carcasses de voitures, des poubelles que visitaient des rats d'égouts. Il y avait même plus bas un marécage réputé où, dit-on, vivait un python. On en parlait, mais nul ne l'avait jamais vu.

Yondzi poussa un portail et entra. C'est ici, dans cette maison héritée de ses parents, qu'il vivait avec femme et enfants. Bâtie avec des planches du pays, à l'abri dans un espace assez grand et aéré, la case avait quatre chambres, un salon rectangulaire dont le prolongement servait de salle à manger, et une cuisine. À l'écart Yondzi avait construit un entrepôt de machines agricoles. Un palmier planté à quelques mètres donnait de temps en temps des régimes que venaient picorer pigeons et perroquets sauvages. Pour un quartier populaire, c'était assurément une belle demeure.

— Les garçons, je vous attends au salon !

Yondzi tomba dans le fauteuil, celui qu'avant lui avait occupé son père. Le vieux Mbougha était si pointilleux qu'il lui avait même donné un nom : Moukéko, ou la frontière. Comme pour affirmer à sa maisonnée que son autorité souffrirait si quelqu'un la piétinait. Filiforme telle la liane que traduisait son nom, l'homme avait un caractère trempé qui ne tolérait pas la plaisanterie. Yondzi se souvenait bien de cette période de son existence. Il avait perdu ses parents dans un incendie malheureux. Le couple était parti camper sur Dibolo, un marigot aux berges giboyeuses. Cette nuit-là, la foudre était tombée, activant le feu sur lequel séchaient poissons et porcs-épics…

— Papa, nous voici !

Eseki était devant lui. Rentré tout à l'heure à la maison, il portait encore le pantalon bleu du lycée. Torse nu, il sortait de la chambre à l'appel du père.

— Où te crois-tu ? hurla le père, va vite porter une chemise !

Pendant que l'aîné disparaissait, Ombi s'avança à son tour, inquiet de ce père qui très vite passait de la joie à la colère.

— Assieds-toi et attendons ton frère.

À sa droite, il y avait un canapé à deux places réservé aux enfants. Pendant que s'y asseyait le fils cadet, l'aîné revint dans la pièce. Les deux adolescents attendaient. Ils ne savaient pas encore où était leur mère. Sortis très tôt le matin pour le lycée, ils ignoraient tout de la journée. De la bouche du père, ils écoutèrent anxieux le récit du malaise qu'avait eu la mère.

— Le cri et la chute du corps ont alerté Kina, votre tante qui sarclait à côté. C'est elle qui a donné l'alerte.

— Elle est où, maman ? demanda le cadet.

— À l'hôpital, en soins intensifs.

— Et la grossesse ? interrogea l'aîné.

— Votre mère a subi une opération grâce à laquelle le médecin a aussi sauvé la petite. Quelques jours en couveuse lui sont utiles.

— Veux-tu dire que nous avons, enfin, une sœur?

— Oui, Eseki!

Tous deux se levèrent et vinrent faire l'accolade au père. Ils n'avaient que trop longtemps attendu ce moment. Comme ils venaient de percevoir leur bourse, ils lui demandèrent ce qu'il voulait boire. Surpris par cette spontanéité, il leur demanda :

— Vous êtes sérieux?

— Père, répondit l'aîné, tu sais bien que nous avons perçu la bourse il y a trois jours; tu sais bien que pour nous avoir donné une petite sœur, tu mérites de porter la couronne!

Yondzi apprécia et en son cœur rendit grâce à Dieu pour lui avoir donné des fils aussi obligés. Il déclina son goût, le même toujours. Le soir tombait et les bistrots du quartier rivalisaient d'offres et de musique. Ombi et son frère revinrent bientôt avec la brique de jus d'orange pour le père et une bouteille de Coca-Cola pour eux-mêmes. L'homme dit à ses fils :

— Rendons d'abord grâce au Seigneur qui a permis cette naissance et secouru Mbalanga, le miroir de ma vie!

Ils plièrent les genoux entre les fauteuils, et entre les fauteuils déroulèrent le nom de Jésus sur le tapis. Au bout de cette prière, ils trinquèrent dans la joie. Cette nuit-là, une pluie fine arrosa la ville, réduisant de ce fait la canicule de la journée. Le lendemain, Yondzi se rendit à l'église demander une messe d'Action de grâce. La manière dont sa femme et sa fille avaient échappé à la mort lui commandait cette attitude de reconnaissance envers Dieu.

Au bout de trois semaines, la mère et l'enfant regagnèrent la maison. Yondzi organisa à leur intention une fête entre intimes. Et, pour souligner le rôle joué par le Seigneur dans leur rétablissement, il baptisa le nouveau-né du nom de Ghélongo. Il y voyait une vertu fondamentale sans quoi rien n'était possible. Ni l'amour, ni même la vie. En puvi, le mot attirait par la musique du vocable, mais aussi par ce que le vocable lui-même évoquait : remède, charme, séduction. Comme pour dire que Dieu est l'unique solution.

La petite eut une enfance tranquille. Toute la famille la comblait de soin et d'attention. Au fur et à mesure qu'elle gagnait en âge, Ghélongo prenait conscience qu'en dehors de ses parents directs, il y avait Kina, sa tante. Bien qu'encore soupçonneuse vis-à-vis de son beau-frère, celle-ci ne passait pas une semaine sans venir voir les enfants. Les deux sœurs avaient ainsi retrouvé la complicité perdue.

Au fil des saisons, Ghélongo poussait avec la manière. Ses grands frères en étaient ravis et fiers. Elle eut trois ans quand Eseki fut reçu au baccalauréat. Ce jour-là, après la messe, Yondzi lui permit de faire la fête à la maison. En bon chrétien, il lui donna cette consigne :

— Dis à tes camarades que l'excès pourrait ternir leur cheminement.

— Compris père !

Et il ajouta :

— Pourrais-je utiliser l'entrepôt ?

— Oui, mais range chaque machine à l'endroit.

— S'il te plaît, papa, j'aurai aussi besoin de la chaîne musicale.

Il lui remit un peu d'argent et sortit la chaîne en disant :

— Depuis le mariage, elle n'a plus servi, vérifie bien !

Yondzi tirait son plaisir du plaisir de ses fils. Eseki sortit son téléphone et dit à ses six camarades que la fête n'aura lieu à Ngombi-Bar, une boîte de nuit du centre-ville, mais en son domicile à partir de 19 heures. Leurs parents priaient à Saint-Pierre, l'une des églises d'Iso, la capitale de Ndzobo. Et c'est par leurs parents qu'ils s'étaient rencontrés. Ils formaient un groupe soudé depuis la classe de sixième. Studieux et réfléchis, ils travaillaient leurs devoirs ensemble. Grâce à cet esprit appliqué, tous les sept avaient réussi au baccalauréat série D.

— Viens m'aider à préparer la salle.

Ombi s'exécuta. La joie de son frère était aussi la sienne. Dans deux ans, lui aussi passera le baccalauréat et dans cette même salle le fêtera. Il fallait d'abord aux deux frères sortir les quatre machines. À l'époque, l'entrepôt du père avait été construit pour servir de salle nuptiale. En cet endroit les familles s'étaient réunies pour célébrer le mariage de Yondzi et Mbalanga… La première machine, moins lourde, fut mise dehors. Le jour déclinait. Les deux adolescents, tant bien que mal, réussirent à pousser hors la deuxième. À cet instant-là, Mbalanga se présenta. Dans la main gauche elle tenait une assiette d'arachides, dans la droite elle tenait Ghélongo par le bras.

— Mangez ceci pour avoir des forces.

— Mais elles sont encore crues, mère !

— Eseki, l'arachide crue est une bonne source d'énergie. Ton père est bien placé pour le confirmer. À son retour de l'église demande-lui quels sont les avantages de l'arachide crue. Entre hommes il te les nommera.

Adossés à la machine agricole, les deux frères se mirent à déguster le mets que la mère offrait. À ce moment-là la gamine se détacha et se rapprocha de ses frères. Avec son teint chocolat, ses yeux aux paupières étirées, ses lèvres pulpeuses, Ghélongo était assurément une petite merveille. Qui l'aura pour compagne aura une belle femme. Regardant ses trois enfants, Mbalanga se mit à sourire. En perdant l'utérus, elle avait offert aux garçons la sœur dont ils avaient tant besoin. Et, telle une gamine, elle leur dit :

— Approchez, que je vous prenne en photo !

— Mais, où est l'appareil ? demanda Ombi.

— Approchez seulement.

Ils s'approchèrent de la mère en s'éloignant de la machine agricole. La jeune femme ramassa un morceau de bois qui traînait et, comme si ce fût un appareil photo, tenant ses enfants dans cet objectif virtuel, fit « clic » trois fois avec sa bouche.

— Imaginez seulement que ceci est réel, et vous voilà inséparables désormais ! Ni le temps, ni l'espace, ni même la mort ne vous séparera. Maintenant, les garçons, rendez-moi l'assiette puisque vous avez fini de manger.

À ce moment-là, ils entendirent un sifflement et, de dessous la machine agricole, jaillit un serpent qui vint mordre Ghélongo au talon. Dans la panique ils ne virent pas à quoi il ressemblait ni par où il disparut. Leurs cris et leurs pleurs ameutèrent tout le quartier. En peu de temps, la foule était sur les lieux. Dans ce jour finissant, les recherches ne donnèrent rien. Le fameux reptile resta introuvable. Mbalanga et ses garçons transportèrent Ghélongo à l'hôpital.

— Oui, c'est bien un serpent, dit le médecin, voici la marque des crochets. L'avez-vous vu et quelle était sa taille ?

— Cela s'est passé tellement vite, docteur ! Mais je peux dire qu'il avait la taille d'une vipère adulte.

Mbalanga parlait avec le regard sur le visage de sa fillette. Et celle-ci, curieusement très calme, ne semblait pas souffrir.

— C'est bizarre, dit le praticien, malgré la marque des crochets et la blessure ensanglantée, le talon n'est pas gonflé.

Il administra à Ghélongo un sérum anti venin. Revenus à la maison, la mère et les enfants trouvèrent Yondzi aux prises avec Kina. L'écho de la morsure de la gamine était arrivé aux oreilles de la tante comme un coup de tonnerre. Elle s'était déplacée pour s'enquérir de la situation et avait trouvé Yondzi qui revenait de l'église. Ce que la belle-sœur avait longtemps sur le cœur contre le beau-frère, elle le disait tout haut. La rixe avait pour témoin le quartier :

— Tu es responsable de tous les malheurs de ma cadette ! Avant ton voyage en Asie, elle avait retrouvé auprès de toi l'équilibre. Mbalanga n'a pas connu notre père, qui avait abandonné très tôt maman...

— Que me reproches-tu ?

— D'abord sa stérilité secondaire, ensuite cette morsure du reptile sur la fille. Ne trouves-tu pas étrange cette conjonction d'évènements ? À quelle divinité as-tu fait allégeance, là-bas en Asie ?

Yondzi s'indigna de tels propos. Parce que Kina était l'aînée de sa femme, il refusa de la brutaliser. Il posa son regard sur sa fillette et vers elle se dirigea. Quand il l'examina du talon à la tête, il s'assagit, car il ne voyait rien qui pût menacer sa santé. La gardant dans ses bras, il quitta la cour au moment où les curieux se dispersaient. C'est en ce moment-là que décrochant son téléphone, Eseki appela ses camarades et annula la fête. Cette accusation publique était un mal qu'il ne pouvait supporter qu'avec le concours de l'église. Sa femme et ses enfants en étaient inquiets. Un jour, Mbalanga lui dit :

— Tu te fais du souci pour rien, car Kina voit le mal partout! Quand son mari la grondait, elle lui répondait que ce n'est pas de sa faute si elle a perdu maman, que si elle n'est pas allée à l'école c'est parce qu'elle devait m'élever… C'était la même rengaine… Et puis, une autre fois, excédé, son mari est parti… Kina est perturbée, mais elle a bon cœur. Ne vois-tu pas que depuis cette accusation sans fondement elle nous fréquente toujours?

Ce jour-là, Yondzi ne répondit pas à sa femme. Elle voyait seulement, à sa façon de vivre, qu'il était à jamais aliéné.

Un dimanche matin la famille se retrouva à Saint-Pierre. L'église était construite sur une colline qui surplombait l'océan, à quelques pas d'un grand carrefour. La messe terminée, Mbalanga et les siens prirent place dans l'un des taxis garés à la sortie de l'église. Le chauffeur, un jeune homme d'une vingtaine d'années, avait les écouteurs aux oreilles. Et pourtant les feux tricolores fonctionnaient, mais le jeune homme ne semblait pas les voir. Il ne freina pas à l'orange, au contraire, il accéléra même! C'est alors que se produisit le drame. Percuté par son flanc gauche, le taxi fit trois tonneaux avant de se retrouver dans l'eau. Tous furent tués sur le coup, à l'exception de la petite Ghélongo qui n'eut que des égratignures. Cette tragédie plongea les proches dans le doute. Les camarades d'Eseki, surtout eux, étaient dans la peine.

II

Recueillie par sa tante qui habitait le quartier Iroko, ainsi nommé à cause de ce vieil arbre dont la stature dominait le voisinage, Ghélongo eut une enfance édifiante. Kina se mobilisa pour lui donner une éducation digne. Quand elle eut six ans, elle fut inscrite chez les Sœurs Bleues. Affiliée aux œuvres de la vierge Marie, cette congrégation était connue pour sa générosité. Elle apporterait à l'orpheline beaucoup de miséricorde, siège de l'équilibre social.

Quand Ghélongo eut dix ans, elle entra au collège des jeunes filles de Saint-Pierre. L'établissement occupait l'aile nord de la maison de Dieu, sur une bute d'où l'on apercevait l'océan et son or quand le soleil brillait sur la vague. Si Kina l'avait inscrite dans cet établissement, c'est parce qu'il était la référence. Elle cherchait aussi à la rapprocher de ses parents, dont la présence, au-delà de la mort, hantait encore ces lieux.

Un jour, pendant les congés de Pâques, Ghélongo accompagna sa tante en brousse. Le temps était doux. Elles traversèrent les rails et aboutirent à la plaine. Kina l'emmena d'abord sur la plantation de

Mbalanga. Le sol avait durci à cause de la mauvaise herbe. Il fallait la couper pour redonner vie aux fragiles racines de patates et autres arachides. Mais avant, Kina dit à sa nièce :

— Vois-tu, c'est ici que tu es née.

— Ici, en pleine brousse ?

— Physiquement, tu as vu le jour dans un hôpital. Mais symboliquement, tu es née ici, car c'est ici que ma sœur est tombée de douleur de l'enfantement.

Elle lui raconta l'épopée de sa naissance. Elle lui demanda de fermer les yeux comme elle et de lui tendre les bras. Ensuite, elle dit :

— Mbalanga ma sœurette, je sais que tu nous regardes. Voici Ghélongo, notre fille bien aimée. Elle a commencé l'école chez le Blanc depuis longtemps. Je voudrais qu'elle soit aussi instruite dans la tradition, dont c'est ici l'origine…

Là-haut, dans le ciel bleu, l'astre du jour avait étouffé sa chaleur en s'abritant derrière un nuage. Dans le vieux palmier debout dans la plaine, voletaient des tisserins gendarmes. Avec dans ses mains les mains de l'adolescente, Kina ajouta :

— Mbalanga ma sœurette, prends ta fille par le bras, demande aux esprits de la plaine, de la brousse et de la forêt de l'assister dans cet apprentissage…

À ce moment-là, il eut une clarté dans le ciel, le soleil venait subitement de sortir du nuage. À ce moment-là, les tisserins gendarmes qui jusque-là planaient en silence, se mirent en concert. Kina dit encore :

— Mbalanga ma sœurette, nous allons maintenant sarcler ta plantation, nous allons maintenant célébrer l'union !

Elle lâcha les mains de l'enfant, descendit le panier qu'elle portait et en sortit deux machettes. En mettant l'une d'elles dans la main de Ghélongo, elle dit :

— À toi de jouer !

— Je fais comment ?

— Fais comme moi !

Kina s'accroupit et dans cette position s'attaqua à la mauvaise herbe. L'adolescente l'imita. Ce n'était finalement pas difficile. À l'école comme au collège, les travaux manuels consistaient à couper le paspalum. Genoux contre le sol, elle avançait au rythme de la tante. Au bout d'une heure, elles avaient terminé de sarcler.

— Bravo ma fille, tu es une vraie paysanne !

— Merci, je te dois beaucoup, tante !

— Ne m'appelle plus « tante » ! La cérémonie de tout à l'heure a valeur d'union entre Mbalanga et moi. Désormais nous allons t'assister ensemble et ensemble nous allons t'éduquer. Tu diras « maman », tu penseras « maman » quand tu me parles. Compris ?

— Oui maman !

Comme l'enfant avait le visage en sueur, Kina prit un pan de son pagne et le lui essuya. Ensuite elles passèrent sur l'autre plantation. Avant de sarcler, la bonne femme dit :

— Le jour de ta naissance, c'est d'ici que j'avais entendu le cri qu'avait poussé ta mère. Un cri suivi d'une chute ! J'ai couru, elle était déjà inconsciente...

Ghélongo eut un geste qui surprit Kina. Comme elle était debout, elle vint se jeter dans ses bras. Surprise par la charge, la bonne mère faillit tomber. Le cœur de la gamine battait et une longue larme coulait de son visage.

— Calme-toi, c'est désormais lointain !

Cette phrase, presque murmurée, fit beaucoup de bien à l'adolescente. De même, se retrouver dans les bras de cette femme simple et bonne, lui était un refuge contre l'adversité. Ghélongo s'accroupit bientôt à la suite de sa mère et derrière elle sarcla la mauvaise herbe. Le ciel était haut, et dans ce bleu océan le soleil était ardent. Au bout d'une heure et demie, elles rentrèrent les machettes.

Le retour à Iroko se fit dans la joie du travail accompli. Passant par le débarcadère des pêcheurs, Kina acheta quelques kilogrammes de dorade. Sa maison n'était pas aussi grande que celle de sa défunte cadette. Bâtie avec des matériaux de récupération, elle n'avait que deux chambres : une grande qu'elle occupait et une moyenne où dormait maintenant Ghélongo depuis qu'elle était au collège. Avant, elle partageait le même lit que Kina. La cuisine était à l'extérieur. Une palissade sommaire protégeait le tout du voisinage. Contrairement à l'environnement dans lequel la petite fille avait passé sa prime enfance, Iroko était un paradis : ni bistrots bruyants, ni voisins turbulents.

— Tu te laves, ensuite tu viens me trouver à la cuisine.

— Oui maman.

À défaut d'eau courante, le tonneau sur la véranda était régulièrement rempli. Kina avait aménagé dans la chambre de sa fille un coin de douche. Un quart d'heure plus tard, Ghélongo entra dans la cuisine. Le ciel s'assombrissait avec le soir qui tombait. Une tornade se préparait sur la cité.

— Commence par nettoyer le poisson. Il y a deux bottes d'oseille et des doigts de banane dans le placard. Tu nous mijoteras un bon bouillon avec beaucoup de piment dedans. N'aie crainte, maman va regarder et corriger, si possible.

L'adolescente s'exécuta. Le nettoyage de la dorade se passa très bien. Après avoir lavé une fois l'oseille, elle voulut directement le mélanger avec le poisson. Kina l'arrêta net et dit :

— Rince-le à nouveau. Même si tu ne vois rien, un légume acheté au marché ou cueilli sur un jardin est par définition porteur de microbes. N'oublie pas, ce que nous mangeons nous tue ou nous sauve.

— Oui maman.

Et elle repassa l'oseille trois fois dans de l'eau claire. La marmite de dorade fumait déjà sur une gazinière à deux feux. Ghélongo y jeta l'oseille et éplucha la banane dont la casserole occupa le second feu.

— As-tu assaisonné le poisson ?

— Ah, j'ai oublié !

— Il n'est pas tard, fais-le maintenant.

Elle le fit comme elle a vu faire la mère. Mais, après un instant d'observation, Kina celle-ci lui dit :

— Pour un bouillon, le piment ne doit pas être écrasé comme tu le fais. Son parfum suffira à libérer le goût. Lance-le entier dans l'eau bouillante ; prends le sel dans une main et éparpille-le dans la marmite. Trop de sel détruit la saveur comme trop de piment ! L'équilibre des parfums est le siège du plat.

Ghélongo buvait les conseils et ne perdait pas un seul mot. À ce moment-là, le gros nuage qui s'était formé là-bas sur le mont Tsendè se disloqua et la tornade tomba sur la ville. Bien à l'abri dans la cuisine, la mère et la fille, bientôt, mangeaient avec appétit.

Douze jours passèrent. Au matin du treizième, Kina se rendit sur convocation à la Société Générale des Assurances. En sa qualité de parente et responsable de l'éducation de Ghélongo, c'est elle qui devait encaisser le chèque relatif à l'accident qui avait coûté la vie à sa famille.

— C'est dans le bureau N° 1, lui dit-on à la réception.

Kina y trouva une dame aux prises avec un jeune homme d'une trentaine d'années. Elle était en colère et son interlocuteur s'embrouillait dans ses explications. Comme il y avait une chaise vide à l'écart, Kina y prit place et attendit. C'était une discussion entre mère et fils. La première reprochait au second son train de vie excessif et son manque de prise sur le réel. La vie appartenait aux esprits responsables, les fêtards n'y avaient qu'une place éphémère. Celui-ci tentait de se justifier et promettait qu'il changerait, que c'était la dernière fois.

— Ne viens plus me harceler au bureau !

Et en renâclant, elle lui remit une enveloppe. Satisfait, le jeune homme sortit du bureau et la dame dit à Kina :

— Venez, madame.

Mais la mère du jeune homme continua à fulminer contre son père qui n'arrivait toujours pas à s'assumer, incapable de corriger ce grand garçon indolent. Visiblement remontée contre la société et ses lois au seul profit des mâles, elle avait oublié que devant elle attendait Kina.

Tchiama avait rencontré son mari à l'université, lors de la grève générale qui avait propulsé le pays dans le multipartisme. Nzondo, c'était un harangueur d'assemblées. Nzondo, c'était un beau parleur. Tchiama n'avait pas résisté au charme de cette voix ensorcelante. Et, quand il lui avait demandé de l'épouser, elle avait dit : « oui » sans aucune hésitation. Au bout de la troisième année était né cet enfant. Mais avec le temps, Tchiama avait décelé le vrai visage du beau parleur, et réalisé que les mots pouvaient occulter l'inaction. C'est parce que Nzondo était incapable de transformer sa parole en acte que son ménage avait commencé à se dissoudre. Trop lourd comme l'enclume dont il est le profil, il ne pouvait s'arrimer à la rapidité de l'arc-en-ciel. Quand le divorce fut prononcé, c'était en faveur du mari dont le verbe avait enivré la magistrature. À l'époque le petit garçon avait dix-huit ans.

Quand elle eut épuisé ses récriminations, elle leva enfin les yeux.

— Oui, c'est pour quoi ?

Kina lui tendit la convocation.

— Ah, je vois !

Elle se leva et sortit du placard un dossier qu'elle parcourut. Au fur et à mesure de la lecture, son visage, à l'instant amer, se chargea de compassion.

— C'est bien vous, Kina ?

— C'est bien moi.

Elle se leva et l'embrassa.

— Quand ce drame a eu lieu, c'est moi qui l'avais géré pour le compte de S.G.A. Le taximan avait grillé le feu et notre assuré était éméché. Le tribunal avait jugé que les torts étaient partagés, tout comme les responsabilités.

— La jeune dame était ma sœur cadette, expliqua Kina, et le monsieur son mari. La famille sortait de l'église…

— J'ai vu les corps, c'était horrible ! Et la petite, comment va-t-elle ?

— Assez bien !

— Elle a dû garder des séquelles psychologiques !

Il eut dans ses yeux le voile des larmes et, malgré l'air conditionné, elle se mit à transpirer du visage. Passer d'une véhémente colère à une extrême compassion n'était pas courant. Kina lui tendit un mouchoir…

À la fin, elle sortit le chèque et le remit à la tante de Ghélongo.

— C'est ce que peut faire notre société. Ces vingt et un millions sont à votre nom, car vous êtes la mère adoptive de l'orpheline. En ouvrant un compte bloqué à son nom, vous aurez assuré son avenir.

— Avez-vous un établissement bancaire à me conseiller ?

— Pourquoi pas la Banque de Dépôt ? La S.G.A. y est aussi domiciliée. Cela raccourcira le temps du transfert.

— Voulez-vous me donner l'adresse ? Je ne maîtrise rien dans ce sens.

— C'est au coin de la rue. Vous avez votre carte nationale d'identité ?

— Oui !

Tchiama tira sa carte de visite derrière laquelle elle écrivit deux ou trois mots. Elle l'enferma dans une enveloppe sur laquelle elle mit un nom.

— C'est l'un des responsables. Il saura vous aider. Prenez cette somme, ajouta-t-elle en lui tendant l'argent, c'est le montant des frais d'ouverture du compte.

— Merci beaucoup !

Elles se levèrent et se donnèrent l'accolade.

Kina retourna chez elle récupérer l'argent du loyer de Beyeme. À la mort des parents de Ghélongo, elle avait mis en location le domaine de Yondzi à raison de 350 000 F par mois. Le doute excessif qui la caractérisait signifiait aussi le refus de se compromettre. En sept années de loyer, pas un seul franc n'avait été dépensé. Soit un total de 22 400 000 francs, précieusement conservés au fond de sa cantine. S'y ajoutaient ces 21 000 000 millions en chèque. Soit un total de 43 400 000 francs.

— Viens avec moi ! dit-elle à sa fille.

— Où allons-nous, maman ?

— Suis-moi seulement.

— Je dois m'habiller comment ?

— Mets ta plus belle tenue.

Belle et fière, telle était la fille de Kina. Elle fut heureuse de porter, enfin, cette jolie robe qu'elle venait de lui offrir pour son dixième anniversaire. La glace lui renvoya le corps d'une enfant aux formes prometteuses, à l'avenir serein et aux rencontres étonnantes. Spontanée et candide, Ghélongo ne mesurait pas encore la force qui la portait. Derrière la mère elle marchait. Sur les registres de la banque on enregistra les deux noms : Kina comme gérante, Ghélongo comme propriétaire. À sa majorité, l'adolescente jouira de son argent.

— La majorité, c'est à quel âge ? demanda Ghélongo.

— 18 ans ! lui répondit le banquier.

— Forcément dois-je commencer à utiliser cet argent ?

— Tu n'es pas obligée, mais tu peux. Les intérêts de 43 400 000 francs seront énormes au bout de dix ans. Si tu laisses encore quelque temps sans y toucher, le gain sera considérable !

Ghélongo n'avait que dix ans, mais elle posait les questions et suivait attentivement les explications. On eût dit que les chiffres, elle les avait déjà manipulés dans une autre vie. La mère et la fille sortirent de la banque avec le sourire. La première avait rempli une grande part de sa mission. La seconde réalisait que malgré le décès des siens, elle avait le réconfort financier et matériel. La présence de Kina lui était, en outre, une autre fortune. Sur le chemin du retour à la maison soufflait un vent tiède. Le jour avait décliné.

— Maman, si nous passions par le quartier Beyeme ? J'ai besoin de voir si le locataire garde bien la maison.

— D'accord, puisque depuis le décès des parents tu n'y as plus jamais été !

Elles changèrent de direction et empruntèrent un taxi. Des mêmes faubourgs sourdaient les mêmes bruits. Le soleil au zénith écorchait la tôle rouillée. Sur la route qui se faufilait entre des cases vétustes, elles rencontrèrent une bande d'enfants apeurés. Ils étaient de la même génération que Ghélongo. L'un d'eux était même une voisine immédiate appelée Obia comme son père.

— Arrêtez, leur cria le plus âgé, un serpent est devant !

— Où exactement ? interrogea Kina.

— Là-bas !

Plus vive que sa mère, Ghélongo se lança vers le reptile. Le serpent s'était dressé, non pour attaquer l'intrépide gamine, mais pour mieux se laisser prendre par celle-ci. Pétrifiée était Kina, étonnés étaient les enfants. Plantés sur le sentier, tous regardaient. Ghélongo se courba et tendit le bras. Le reptile, trop lourd et long, ne réussit pas à s'y enrouler. Mais il lança sa langue fourchue sur les doigts de l'adolescente. On eût dit une chienne et sa maîtresse. La scène dura deux à trois minutes. Puis le reptile sortit du chemin et fila vers le marécage. C'était incroyable ! Libérée de son immobilité, Kina se lança.

— Tu n'as rien ? demanda-t-elle.

— Rien, maman.

Elle lui prit la main, attentivement l'examina. Tout autour se pressaient les enfants, étonnés d'une telle curiosité.

— Retournons sur nos pas ! dit la mère.

— Mais pourquoi ?

— Ne discute pas !

Elle soupçonna sa fille d'un don qu'elle ne maîtrisait pas encore. Ne voulant prendre aucun risque en se rendant jusqu'à la maison laissée par Yondzi, elle choisit de rebrousser chemin. Il est un don qui vient de Dieu et qui est bénéfique. Il est un don qui vient de Satan et qui est maléfique. Il y avait à Saint-Pierre un vieux curé nommé Nicaise. C'était un exorciste réputé. Sa connaissance des choses extrêmes avait fait de lui le personnage de l'église le plus fréquenté. Kina avait l'habitude de lui demander conseil. C'est ainsi qu'elle décida d'aller le consulter.

Derrière la mère, la fille franchit la grille. L'homme les reçut dans la même grande pièce. Des mêmes fenêtres entrait un jour terne d'après-midi.

— De quoi s'agit-il, ma fille ?

— Père, cette enfant est ma fille adoptive. Sa mère était ma cadette et son père mon beau-frère. Ils sont décédés par accident il y a sept ans au feu rouge, à quelques mètres d'ici !

— Cette famille sortait d'ici et elle était très pieuse, je la connaissais !

— Exactement !

Kina était soulagée, Père Nicaise avait bonne mémoire. Elle lui raconta alors comment Ghélongo avait dompté le serpent. À la fin du récit, le curé ferma les yeux et plaça ses mains sur le front puis et la nuque de l'adolescente. Au bout de quelques minutes, il dit :

— Je n'ai ressenti aucun courant contraire à l'esprit divin.

— Vraiment ? Et le serpent, n'est-il pas l'attribut de Satan ?

— Et le serpent de Moïse qui a avalé le serpent de Pharaon était-il satanique ? Dieu a peuplé la terre de bêtes en tout genre, avant d'y mettre l'homme et la femme. Le couple humain avait pour mission de régner sur ces animaux. Satan n'a aucun attribut, c'est un illusionniste. Là est sa force. Seuls ceux qui n'ont pas foi au Seigneur s'y laissent prendre.

Il prit l'huile d'onction, la bénit et la frotta sur la tête de la gamine. Il ouvrit le Livre de Saint Marc au verset 10 : 14 et lu : « Laissez venir à moi les petits enfants, et ne les en empêchez pas ; car le royaume de Dieu est pour ceux qui leur ressemblent. » Ensuite il dit à Kina :

— Celui qui s'en prendra à ta fille croisera le feu de Dieu. Elle est loin d'être une enfant ordinaire. Protège-la, renforce ses défenses naturelles. À la moindre faille, les forces du Mal la détruiront. Car, pour eux, elle est une ennemie.

— Le pourrais-je, Père ?

— Oui, tu le peux !

Ils furent interrompus par un couple qui venait d'entrer. Il était accompagné par une adolescente qui portait un chiot. L'animal se mit à gesticuler vers Ghélongo et sauta des bras de sa maîtresse. Spontanément, la fille de Kina se baissa, le prit dans des bras qui le portaient. Scène émouvante qui plut à tous. Après cette effusion de caresses, la bête, visiblement comblée, repartit vers sa jeune maîtresse. En raccompagnant Kina et sa gamine, Père Nicaise dit :

— Ma fille, as-tu vu cette scène ? Ton enfant n'est pas n'importe qui. Avec ton double qui ne te quitte pas, vous pourrez faire triompher cette lumière. Que Dieu vous assiste !

— Merci, mon Père !

Les pas de Kina sur la route du retour étaient ceux d'une femme soulagée. Elle prit Ghélongo par la main et ce geste rassura l'adolescente. Le jour avait considérablement décliné. Un jour fameux entre tous. Un jour absolument inoubliable. Avant d'arriver à la maison, elles s'arrêtèrent dans un restaurant et commandèrent une collation. Tout en la savourant, Kina demanda :

— Comment as-tu approché le reptile sans en avoir peur ?

— Une force me poussait, je ne faisais rien d'autre qu'obéir.

Soudain, la femme se souvint de la morsure de serpent. Elle comprenait maintenant d'où venait cette immunité contre le venin. Elle s'en voulut pour avoir accusé sans raison Yondzi. Ghélongo, c'était une élue !

— Tu as certainement des pouvoirs naturels que tu ignores. Je n'en parlerai à personne. Toi aussi, fais comme moi, tu as compris ?

— Oui maman !

La collation terminée, Kina et sa fille reprirent le chemin de la maison. Cette femme se souvenait des conseils de l'homme d'église. Elle se mobilisera pour faire triompher la lumière que le Seigneur a semée en Ghélongo. C'était son destin, c'était sa noble mission. Elle n'a pas eu d'enfant. Elle n'a pas eu de mari. Pour porter au mieux cette charge, il fallait s'affranchir de toute pesanteur.

III

En ce vendredi soir, Sœur Esala et sa chorale s'exerçaient à l'extrémité de la bute où était bâtie l'église. Du hangar qui tenait lieu de garage les jours de pluie, et à l'occasion de salle de répétition, on apercevait l'océan, on l'entendait. À certains moments, c'était comme un son profond qui venait mêler son ton aux chansons. Et c'est alors que l'excellente Esala éblouissait. Ses cordes vocales, pareilles à celle d'un lion, se mouvaient, faisaient crescendo. Et c'était comme un mugissement dont la vibration produisait un certain effet dans les cœurs. Il fallait voir cette frêle silhouette se mouvoir, aussi légère que la plume dont elle est l'expression. Cet endroit était mythique. C'est bien d'ici que la chorale puisait son énergie. La proximité de l'océan, voilà le secret !

Aujourd'hui, Ghélongo vivait tout cela dans une grande frénésie. L'atmosphère du site était en harmonie avec son cœur. Intérieurement, elle loua Dieu pour avoir tout permis. Alors que bien d'autres peinaient à réussir leurs examens, avec brio elle les avait survoltés.

Sœur Esala, qui animait la chorale, était en même temps la professeure de philosophie, matière où excellait l'adolescente. À dix-sept ans et en classe de Terminale, avec l'aide du Seigneur elle entrerait à l'École Normale, d'où elle sortirait professeure de philosophie, comme Sœur Esala.

À la fin des répétitions, Ghélongo passa aux vestiaires se rafraîchir. La glace lui renvoya le visage d'une enfant devenue encore plus ravissante. Grande et svelte, avec son teint d'ardoise, son regard noir cerné de longs cils, elle était une énigme pour les garçons de sa classe. Ceux qui avaient voulu l'approcher ne savaient pas comment l'aborder !

Maman Kina l'attendait ce soir sur le seuil.

— Je commençais à m'inquiéter !

— Arrête de te faire du souci, maman ! Je suis déjà grande et toi, tu es vieillissante. À force de t'inquiéter pour moi, je finirai un jour par te perdre prématurément.

— Ton père avait eu un litige avec Obia, son voisin immédiat. Ils disputaient un terrain au nord de la ville. Le tribunal avait tranché en faveur de Yondzi. Depuis, cet homme et sa famille nourrissent une rancune morbide contre ton père et les siens. Comment veux-tu que je sois tranquille ? Quand tu auras des enfants, toi aussi, tu vivras la même angoisse à chaque retard.

Une sincérité à toute épreuve courait entre les deux et les animait. La grande fille entra droit dans sa chambre, suivie par la vieille mère. Sans aucune pudeur, elle ôta chaussures, chemisette, jupette et sous-vêtements. Assise sur le lit, Kina admira ce corps qu'elle connaissait très bien pour l'avoir vu évoluer. Ce corps qui ressemblait à celui de Mbalanga, quand elle avait son âge ! Le passage de Kina sur terre était comme marqué du sceau de la répétition. Elle avait encadré sa cadette et maintenant elle élevait sa fille.

— As-tu un petit ami ? lui demanda-t-elle.

— Non maman.

— Pourquoi ?

— Je ne sais pas !

La réponse était surprenante et la moue des lèvres affichait un détachement royal. En dehors de ses études, la gamine ne s'était jamais préoccupée de la présence des autres. Non par orgueil ou méchanceté, mais seulement à la suite d'un malheureux constat. Depuis le primaire, tous les camarades la détestaient sans raison, les filles, surtout ! Elle demanda :

— Peux-tu m'expliquer pourquoi, maman ?

La mère ne répondit pas tout de suite. Elle la regardait, debout et vacillante, telle une herbe à qui il manquait encore un engrais. Lasse d'entendre la réponse, Ghélongo vint s'accroupir à ses pieds. Perdue dans ses pensées, celle-ci posa machinalement une main sur ses cheveux nattés. Une minute, puis deux, puis trois et cinq… Elle ne sentit rien venir qui pût satisfaire entièrement sa fille. Il lui fallait repartir chez la Détentrice du savoir des Anciens. Cette fois-ci, elle n'ira plus seule.

— Ma fille, dit-elle enfin, ta question mérite une réponse précise, car elle est le fondement de ton être qui m'échappe.

— Si toi, maman, tu ne me *connais* pas, qui le pourrait ?

— Ma propre mère non plus n'avait sur moi une connaissance approfondie. Il y a dans les faubourgs du sud une vieille personne qui lit dans la nature la science des dieux. Demain nous irons la consulter. Maintenant, va te laver et viens dîner.

Ghélongo se releva et partit se doucher… Cette nuit-là fut tranquille et les deux femmes, chacune sur son lit, eut un sommeil paisible. Comme si le lendemain serait une nouvelle naissance pour Ghélongo. Au réveil, la mère alla acheter des fruits divers. Il y avait des oranges, des mandarines, des goyaves et des papayes. Elle les découpa et dit :

— C'est ton petit déjeuner.

— C'est tout ?

— Chaque espèce de fruit est riche en éléments nutritifs uniques. L'orange, la mandarine, la goyave et la papaye te fournissent chacun une vertu. Tu en as besoin pour la rencontre de tout à l'heure.

Sa fille apprécia. Alors qu'elle mangeait, la mère sortit pour elle-même le reste du plat d'asperge de la veille. Elle alluma la gazinière et bientôt le fumet de l'huile rouge alerta les narines de la fille.

— Maman, j'en veux aussi.

— Non, en cette circonstance particulière, il n'est pas prudent de mélanger les essences. Cela pourrait perturber les choses. Contente-toi des fruits.

Le repas terminé et la maison fermée, les deux femmes empruntèrent un taxi qui les déposa dans le faubourg du sud. Le sentier en zigzag descendait, toujours plus bas. Passé un cours d'eau, elles aboutirent dans une vallée marécageuse. De la ville on n'entendait plus rien sinon de lointains bruits de klaxons. Ghélongo ne savait pas où elle était, mais sa confiance en Kina lui suffisait. Sous un fromager, très vieux au regard de son écorce durci, apparut un toit d'où fuyait un filet de fumée.

— Nous sommes arrivées, dit la mère.

— C'est loin !

— Ce n'est rien qu'une question d'état d'esprit, avance seulement !

La case était en écorces de bois. Sur le seuil, Kina appela et une voix de l'intérieur répondit :

— Qui est là ?

— Kina et sa fille.

La porte bascula et elle apparut. Ce bout de femme bossue ne présentait aucun signe extérieur qui pût signifier un quelconque pouvoir. Un vieux foulard sur la tête, une vieille robe dont le teint, jadis blanc, avait flétri. Des tennis d'une autre époque. Elle s'effaça pour leur laisser le passage. L'intérieur était enfumé, de la résine d'essences forestières émanait une forte odeur de moisissure. La pièce était ronde et remplie d'écorces, d'herbes et de racines séchées. Au centre de la salle il y avait trois tabourets entre desquels brûlait un feu de bois.

— Prenez place, dit la petite femme avant de s'asseoir.

Elle se tourna vers l'adolescente et se présenta :

— Je suis Nima. Ta mère m'a parlé de toi. Je vais te consulter avant de te faire prendre un bain.

Ghélongo suffoquait, non de peur, mais de l'âcre fumée.

— Détends-toi ! lui rassura Kina.

Nima se leva et bientôt revint avec un canari rempli d'eau. Elle y versa des plantes sèches émiettées. Le fond du récipient devint vert. Elle demanda à Ghélongo d'y laver les mains. Puis, penchée sur le canari, Nima prononça d'étranges paroles. La mère et la fille voyaient l'eau verte devenir blanche, puis transparente.

— Très bien ! dit Nima à Ghélongo. Je n'ai jamais vu une personne aussi *propre*. Mais, à cause justement de cette *propreté*, l'existence ici-bas, dominée par Satan, ne te laissera pas tranquille. Tes camarades ne t'aiment pas parce que ta lumière leur brûle la rétine. Je suis obligée de te donner un bain pour parer à toute éventualité. Kina, es-tu d'accord ?

— Je le suis !

— Et toi, ma fille, es-tu d'accord ?

— Je le suis !

Nima souffla dans le canari et le liquide tarit. Elle ne se leva pas de son tabouret, mais elle demanda à Kina de venir s'accroupir à ses pieds. Elle lui mit ses deux mains sur la tête. Quand elle ferma les yeux et leva son visage vers le toit, elle prononça à haute voix des paroles dont le sens échappait aux visiteuses. Cinq ou sept minutes plus tard, revenue sur terre, elle dit clairement à Kina :

— Tu es *bandzi* ma disciple, tu as pour rôle de protéger ta fille, tu viendras ici trois fois par mois recueillir une initiation appropriée. Dis j'accepte.

— J'accepte.

— Tu me donneras symboliquement un billet de 1000 francs. Dis j'accepte.

— J'accepte.

— Tu brandiras comme moi une queue de bœuf. Dis j'accepte.

— J'accepte.

Ce rituel terminé, Nima la remit sur pied. Elle décrocha deux queues de bœuf du mur et lui en remit une. Elle leur dit :

— Prenons le chemin de la colline enchantée.

Avant de sortir, la mère de Ghélongo tendit un billet de 1000 francs à l'énigmatique femme. Le jour avait décliné et le soleil trônait dans le haut ciel. Il y avait sur le sommet d'une colline la gorge d'un ancien volcan. La nature l'avait remplie d'une eau cristalline. C'est là-bas que Nima emmena la mère et la fille. Chemin faisant et brandissant sa queue de bœuf, elle chantait :

Divinités à la profondeur ignorée,
Me voici sur la piste brisée
Cherchant les eaux
Pures pour y nager,
Pour y laver
La race.

Elles passèrent un marécage, elles passèrent un marigot. Elles arrivèrent au pied de la colline debout dans la plaine. Là, un rossignol distribuait parmi les tiges une chanson tachetée de gouttes de rosée. Nima s'adressa à l'oiseau :

Oiseau des taillis et de l'infini,
Fortifie tes ailes sur les tiges,
Porte à l'Aïeul ce message :
J'amène cette gamine,
Amande et pierre
Précieuse,
Douce,
Telle
Amour,
Vole !

Elles commencèrent l'escalade. Nima marchait en tête, suivie de Ghélongo, Kina venait derrière. Trois femmes, trois générations avec au centre la plus fragile qu'il fallait encadrer. Au fur et à mesure qu'elles montaient sur cette piste étroite, des mottes de terre dégringolaient et, à chaque fois, Nima chantait :

Tombez, écailles opaques,
Sangsues de misère,
Mouches carnivores,
Chiques et puces,
Poils morts,
Tristesse,
Orgueil,
Peine !

Un tronc d'arbre mort en travers de la piste les obligea à faire escale. Trois escargots sur l'écorce lentement se mouvaient. Nima les cueillit et comme trois noix les brisa contre le bois. De leurs entrailles elle en fit une pâte qui finit aux pieds des tiges de la plaine. Se retournant, elle dit à Kina :

— La lenteur de l'escargot, en ce moment précis et sur cette piste vers l'eau cristalline, est un mauvais présage. Je viens de briser les trois signes fatals.

Enfin, elles arrivèrent au sommet de la colline. Ce jour-là, contrairement à d'autres, le ciel était d'un bleu de lessive. Ce jour-là aussi, contrairement à d'autres, il y avait dans l'eau cristalline un jeune python. Le reptile ne détala ni n'attaqua. Ghélongo s'accroupit et allongea la main, le serpent arriva et y posa la tête. Kina n'était pas étonnée pour avoir eu à assister à la même scène par le passé. Et, curieusement, Nima non plus n'était pas surprise. Elle dit à sa bandzi :

— Voici le signe ! Ta fille a déjà été bénie par Dame Nature, je l'ai vu pendant la consultation. Ce qu'il lui faut, c'est renforcer ses acquis naturels.

Le curé l'avait dit avant elle, Kina s'en souvint. De lui-même, le jeune python se détacha de la jeune femme. Il ne sortit pas de l'eau, mais plongea et disparut dans le fond. La vieille bossue dit à Ghélongo :

— Toi aussi, déshabille-toi et plonge.

Elle nagea pendant un quart d'heure environ. L'eau n'était ni froide ni chaude, mais tout simplement agréable. Après avoir nagé et nagé, elle sortit de cette étrange fontaine. Nima lui demanda de se rhabiller. Toutes les trois se prirent la main en un triangle où chacune était le sommet. Une vibration les parcourut qui les anima toutes les trois. Dans cet endroit équivoque, à l'entrée du volcan millénaire, une voix venue d'ailleurs se fit entendre : « Vous voici unies pour le meilleur, vous voici unies pour la vie ! ». Elles reprirent la route du retour dans l'extase. Elles eurent l'impression que des ombres les portaient.

— Bandzi, dit Nima à Kina, quand tu arriveras chez toi, accroche la queue de bœuf au linteau de ta chambre. Des esprits éclairés viendront la nuit l'enrichir de mes pensées dont tu combleras ta fille.

— Je le ferai, Mère !

Rien ne pouvait égaler sa joie quand elle émergea en ville avec sa fille. Elle regarda la queue de bœuf et sourit. Quand elle avait rencontré la première fois cette femme savante, rien ne présageait qu'elle en serait la suppléante.

<h1 style="text-align:center">IV</h1>

Ghélongo se leva à l'appel de son nom, mit ses bras autour du cou maternel. Cette étreinte avait poids d'appel à l'aide, car elle tremblait de tous ses membres. La foule allait de la plage jusque dans la cour bondée du lycée. Avec une moyenne de 18,75, la fille de Kina était la première des admis, toutes séries confondues. Celle-ci la regarda et du regard l'encouragea.

Il lui fallait justement du courage pour parcourir cette distance de plus de cinquante mètres. Elle hésita. Les officiels attendaient. Le ministre de l'éducation nationale, le gouverneur de la première province, l'inspecteur délégué d'académie et les proviseurs des lycées de la capitale : tous avaient les yeux sur cette élève dont le travail les avait séduits. Mais pour Ghélongo, marcher jusqu'à la tribune n'était pas vraiment facile. Debout près de sa mère, ses jambes tremblaient encore plus que le reste du corps. C'est là qu'entra en scène Esala, sa professeure de philosophie qui était aussi son modèle. Partie de la tribune réservée au corps enseignant, elle traversa toute la cour jusqu'à cette adolescente qu'elle savait agoraphobe.

— Accroche-toi à moi et marchons !

Les élèves et leurs parents se bousculaient pour découvrir celle qui apparaissait comme une surdouée. Car jamais une telle moyenne n'avait été obtenue. Les enseignants de tous les établissements de la capitale, eux-aussi, étaient admiratifs. En cet après-midi spécial où les lauréats étaient honorés, l'océan avait fait silence. Les hirondelles du large planaient au-dessus des vagues en une parfaite chorégraphie. Arrivées au pied de la tribune, Esala et son élève s'immobilisèrent. Alors que la professeure regagnait son siège, il fut demandé à Ghélongo d'avancer. L'aide de celle qui lui était le modèle lui ayant donné le tonus, elle réussit tant bien que mal à monter les marches.

— Très bien ! lui dit le ministre en tendant le parchemin. Cette mention « très honorable » vous ouvre les portes des grandes écoles, comme de toutes les facultés d'ici et d'ailleurs.

— Merci monsieur !

À ce moment-là, trois oiseaux vinrent se poser sur la première marche de la tribune officielle. C'étaient des hirondelles, deux grosses et une petite. Elles n'y restèrent pas longtemps, descendirent sur le sol et se mirent à sautiller à quelques mètres, à se poursuivre, à jouer comme des humains. Seule Ghélongo y prêtait attention parce qu'elle était la seule à comprendre cette danse. Les pas qu'elle aligna en descendant les marches n'étaient plus les mêmes qu'en les montant. Au fur et à mesure aussi, le trio des hirondelles s'éloignait en sautillant et ensuite s'envola. Au bout de la cour, la fille retrouva sa mère en pleurs, non de tristesse, mais de joie intense. Avant l'adoption de Ghélongo, la vie de Kina était assez terne, rampait au ras du sol, car sans projet véritable.

— Ne pleure pas, maman, je suis là !

L'adolescente noua ses bras autour du cou maternel.

— N'aie crainte, je ne suis pas triste.

Comme Ghélongo s'apprêtait à le faire, Kina elle-même essuya ses larmes. Ensuite, elle s'empara de l'attestation du baccalauréat et la présenta au ciel, aux quatre coins cardinaux avant de la baiser. À quelques mètres murmurait la mer, dans la cour continuait la cérémonie. Le soir tombant, la mère et la fille s'éclipsèrent. Elles n'avaient plus rien à attendre, ayant déjà tout obtenu. Elles longèrent le bord de l'océan par le boulevard où les palmiers plantés avaient fière allure. Aucun grand vent ne soufflait, sinon la brise qui doucement caressait les cimes. Marchant main dans la main et en silence, elles pensaient à l'avenir. La première à rompre ce silence fut Kina :

— Quels sont tes projets ?

— M'inscrire en philosophie.

— As-tu entendu le ministre ? Tu as le choix entre une grande école et la faculté. Tu as le choix entre étudier ici au pays et aller à l'étranger.

— Aller à l'étranger est une aventure qui ne me tente pas du tout. Avant d'opter définitivement pour l'École Normale Supérieure, j'attends d'abord prendre conseil auprès de Sœur Esala.

Elle en était là lorsque son portable vibra. C'est précisément sa professeure qui appelait. Au plus fort de la cérémonie, elle l'avait cherchée sans résultat.

— Je suis déjà partie, Mme.

— Retrouvons-nous avant de décider de ton inscription.

— Je suis d'accord, Mme.

— Viens me voir demain au collège à 16 heures.

— J'y serai, Mme !

La nuit était presque tombée quand elles arrivèrent à la maison. C'était au mois de juin et la saison sèche déjà se signalait par la clarté de la lune et ces milliards d'étoiles autour d'elle. Elles sortirent des chaises et devant le seuil s'installèrent. Kina dit :

— Avant de rencontrer ta professeure, va saluer Père Nicaise.

— Oui maman, puisque c'est sur mon chemin.

Elles restèrent encore longtemps devant le seuil, la mère conseillant et la fille approuvant. Le lendemain peu avant 16 heures, Ghélongo frappait à la porte du curé. Elle le trouva dans la même salle aux grandes fenêtres. Le vent y entrait en trombe en secouant les volets. Père Nicaise n'était pas seul. Six adolescents l'entouraient, trois filles et autant de garçons. Elle ne les reconnut pas alors qu'ils étaient ses camarades de collège. Elle ne reconnut pas non plus cette gamine dont le chiot l'avait émerveillée chez le curé.

— Excusez-moi, Père, je repasserai plus tard !

— Mais non, mademoiselle Ghélongo, reviens !

Elle revint et le curé ajouta :

— Comme toi, ils ont été reçus au baccalauréat. Comme toi, ils sont passés me saluer. Joins-toi à eux, plions les genoux et remercions le Seigneur.

Pendant un quart d'heure environ, ils rendirent grâce à Dieu qui avait permis leur admission. Avant et après cette prière l'attention des camarades était fixée sur la fille de Kina. Au moment de partir, Père Nicaise leur donna des conseils. Il conclut ainsi :

— Allez en paix en cultivant l'amour !

Le ciel d'après-midi charriait de légers nuages. Sur le chemin du collège où l'attendait Sœur Esala, Ghélongo fut rattrapée par l'une des trois demoiselles. Elle avait couru à souffle perdu, tellement la fille de Kina, ne voulant pas arriver en retard, allait vite.

— Je m'appelle Tsanda ! dit-elle.

— Et moi…

— Ghélongo, comme je t'admire !

— Merci !

— Tu es bien pressée, où vas-tu ?

— J'ai un rendez-vous avec Sœur Esala.

— Moi aussi.

Elle dit et tout en marchant, lui prit la main. Geste qui ne déplut pas à la fille de Kina. Cette amabilité était dans l'ordre des choses et faisait partie de la nature de Tsanda, qui portait bien son nom. Un pagne est pudique et attachant. Il cache la nudité et protège des corps le secret. Depuis longtemps elle avait toujours voulu se rapprocher de Ghélongo. Sa nature obscure avait freiné sa ferveur.

Main dans la main, elles entrèrent dans la salle.

— Je vois que vous êtes déjà amies, leur dit Esala. Et pourtant, depuis que je suis votre enseignante, je ne l'avais pas remarqué.

— Nous sortons de chez Père Nicaise, dit Ghélongo, c'est la Parole qui vient de nous rapprocher.

— Je vois ! Asseyez-vous, car ce que je vais vous dire fera votre bien.

Il y avait deux chaises vides. La force de l'océan battait les rochers et faisait écho dans les oreilles. Esala se leva et contourna la table. Comme le jour avait considérablement baissé, elle alluma le plafond, mais laissa les quatre fenêtres ouvertes. Revenue auprès des demoiselles, elle leur demanda :

— Que comptez-vous faire dès la prochaine rentrée ?

— Je voudrais enseigner plus tard la philosophie, répondit Ghélongo. Je vais donc m'inscrire là où elle est étudiée.

— Moi aussi, je voudrais enseigner la philosophie.

Comme elle était encore debout, la jeune femme regagna son siège. Le choix des adolescentes leur convenait ; elles étaient ses meilleures élèves. Ces connaissances ne seront pas perdues. Elle leur demanda encore :

— Vous pouvez être formées au pays et hors du pays. Avez-vous choisi ?

— Votre conseil me sera utile, répondit Ghélongo. L'aventure d'aller étudier à l'étranger ne me tente pas.

— Je parlerai comme ma camarade, dit à son tour Tsanda.

— Vous avez parfaitement raison. Il y a un avantage à être formé au pays. Vous serez confrontées aux réalités locales, et les réalités locales vous édifieront. Vous bénéficierez des facilités d'intégration grâce aux stages dans des établissements scolaires.

— Entre la faculté et l'École Normale Supérieure, que nous conseillez-vous ?

— Si vous allez à la faculté, vous aurez un enseignement général. Puisque votre objectif est d'enseigner, vous êtes obligées de repasser par l'E.N.S. pour une formation professionnelle…

— Autant donc aller directement à l'ENS ! intervint Tsanda.

— Exact ! affirma la jeune femme.

— Où avez-vous été formée ? demanda Ghélongo.

— À l'ENS.

Cette réponse suffit aux deux demoiselles. Elles iront à l'École Normale Supérieure, comme leur modèle. Elles seront de bonnes enseignantes de philosophie, comme leur modèle. Sœur Esala n'avait rien imposé aux adolescentes. Discuter avec elles avait suffi à les orienter. Elle leur dit encore :

— La philosophie est une discipline dense qui a pour assise la compréhension et l'interprétation de l'existence. Avec moi vous n'en avez étudié que les prémices. Dès que l'homme a ouvert les yeux sur ce monde, il a commencé à se poser des questions : qui suis-je, où suis-je, où irai-je après ma mort ?

Sœur Esala ferma les yeux et se tut. Les adolescentes la regardaient en rêvant : visage ovale, yeux étirés comme chez ces êtres énigmatiques sur les murs des pyramides de l'antique Égypte, absolument pure et en même temps sublime ! Telle leur apparaissait leur professeure de philosophie.

Elle rouvrit les yeux et à nouveau ses lèvres s'animèrent :

— Cette discipline est donc la mère des sciences et des techniques. En s'interrogeant, l'esprit a cherché à découvrir. Ce discours, je vous l'ai toujours tenu. C'est le même que vous entendrez de la bouche de vos enseignants de demain. Soyez curieuses, la curiosité est la base de la philosophie. Lisez tous les penseurs de l'Antiquité et vous brillerez…

Plus tard, quand elles sortirent de la salle, les deux camarades s'arrêtèrent à Egneng-melen pour arroser cette magnifique soirée. Depuis que la municipalité avait installé autour des lycées et collèges des cafés de ce type, les élèves et leurs enseignants y affluaient. En cette fin d'après-midi, il n'y avait encore personne. Elles s'installèrent sur l'une des terrasses. De là, on apercevait les murs du collège, on entendait rouler l'océan, on voyait voltiger les derniers oiseaux de mer.

— Je paie la première commande, annonça Tsanda.

— D'accord, et moi la suivante.

— Que bois-tu ?

— Un jus d'orange nature avec un glaçon.

— Je prendrai la même chose.

Dès qu'elles commencèrent à boire, Tsanda voulut savoir si Ghélongo se souvenait encore de leur première rencontre. Sa voisine fouilla longtemps dans sa mémoire. Comme elle forçait en vain le souvenir, l'autre lui dit :

— Veux-tu que je te fournisse un indice ?

— S'il te plaît, oui !

— Chez Père Nicaise… le chiot capricieux !

— Non, c'était donc toi ?

— J'étais rentrée la veille de province où j'avais passé deux années chez ma grand-mère. Mes parents, M. et Mme Ghédimo, venaient me présenter au curé.

Diongo, la grand-mère de Tsanda, vivait à Mughombo avec son frère aîné, qui lui-même avait un fils du nom de Tsinga. Tsanda ne le connaissait que de nom, car il étudiait en ville.

— Mais oui, tu es la même fillette qui serrait un chiot dans les bras, tellement fort que le pauvre était mal à l'aise. M'ayant vue, il a remué vers moi ses moustaches !

— C'était impressionnant de voir Minou dans tes bras, lui qui jamais n'avait voulu de quelqu'un d'autre que moi ! Même mes parents avaient peur d'y toucher au risque d'être mordus. En dehors de ceux de ma grand-mère qui me l'avait offert, ce chiot n'avait jamais accepté d'autres bras. Comment avais-tu fait ? Comment avais-tu réussi à l'apprivoiser ?

— C'est une bien longue histoire, tu n'y comprendrais rien.

— Une histoire de sorcière ?

— Comme tu dis !

Elles en rirent. La glace brisée, elles se donnèrent l'accolade. Tsanda lui avoua que depuis leur classe de sixième elle avait voulu se rapprocher d'elle, mais son caractère renfermé l'avait freinée.

— Dans ce milieu où la différence est source de brouille, j'ai été obligée de cultiver la distance. Je me rends compte que tu es très sympathique !

— Les préjugés ont tué la société. La majorité de nos camarades t'ont exclue parce que, à leurs yeux, tu es très fière. Ils sont allés jusqu'à te prendre pour une sorcière à cause de ton intelligence…

— À ce point ?

Elles s'esclaffèrent. Pendant qu'elles en étaient là, cinq demoiselles se présentèrent dont trois de leur classe. Dans leurs regards il y avait une grande méfiance. Elles ne les saluèrent pas, mais prirent place trois tables plus loin. À leur demande, le barman leur servit cinq consommations de whisky. Elles fêtaient de cette façon leur admission. À la manière de saisir les verres, on voyait clairement des habituées. C'est ce que confirma Tsanda.

— Je les connais depuis le premier cycle, souffla-t-elle à voix basse. Ce sont des championnes des boîtes de nuit.

— Comment font-elles pour mélanger plaisirs et études ?

— Toutes ont pour amants des enseignants. As-tu entendu parler des moyennes sexuellement transmissibles, en abrégé MST ?

— Oui, mais je rangeais cela au rang de ragot !

— On voit bien que tu vis dans un autre monde ! C'est ainsi qu'elles sont arrivées en Terminale, c'est ainsi qu'elles sont aujourd'hui bachelières, c'est ainsi qu'elles seront demain des fonctionnaires !

— Attention, elles nous regardent !

L'une d'elles se leva en bâillant, apparemment déjà fatiguée, ou presque. Parvenue à leur niveau, elle s'immobilisa et les toisa. Visiblement, elle cherchait querelle. Ghélongo et Tsanda l'ignorèrent royalement. Après quelques instants d'hésitation, elle repartit lourdement vers ses camarades, qui observaient. À cet instant-là arriva un homme qui portait chapeau, veste et cravate. Il s'assit à bonne distance des cinq camarades et aussitôt commanda une bouteille de champagne. La même fille se leva à nouveau et se dirigea en vacillant vers l'élégant monsieur, qui était apparemment son amant. Elle lui demanda :

— Puis-je m'asseoir ?

Sans attendre la réponse, elle tira la chaise. Pendant que le barman faisait le service, la fille fit signe à ses camarades, qui déménagèrent avec leurs verres. Le monsieur ne réagit pas. Il les regardait seulement s'installer autour de la table. Au bout d'un instant, il dit à son amie :

— Que fais-tu ici ?

— Où est donc le problème ? J'y suis, et toi aussi !

Pris au piège, le monsieur ne savait plus à quel saint se vouer. Assises là où elles étaient, Ghélongo et Tsanda suivaient. Alors apparut une jeune femme qui portait un pantalon serré sur les chevilles, assorti à sa chemisette qui laissait entrevoir une poitrine bien développée. À la vue du spectacle, elle marqua un pas d'arrêt. La *rivale*, puisqu'il fallait l'appeler par ce nom, lui cria :

— Avance, voleuse d'amant, où croyais-tu donc aller ?

Et elle bondit en avant, griffes et coups de pieds devant. La malheureuse se retrouva par terre à gémir et à pleurer vers l'élégant garçon complètement dépassé. Les quatre camarades de la bagarreuse, elles aussi, se levèrent avec la même agressivité contre *la voleuse d'amant* qui se tortillait sur le sol, comme un vulgaire ver de terre. La scène avait ameuté le voisinage. Dans la confusion, l'élégant garçon s'éclipsa. Dans la nuit qui s'installait, grondait l'océan. Ghélongo et Tsanda en profitèrent pour quitter les lieux.

/ V

Dibondo pleurait. Le souvenir de son époux que l'on venait d'enterrer la hantait encore. Elle ne comprenait pas qu'avec un nom qui signifiait richesse, abondance, rien ne marchait convenablement dans son existence. Depuis qu'elle avait fini ses études de comptabilité, elle était toujours en quête d'un premier emploi… Nima lui dit :

— Arrête de pleurer, nous allons trouver une solution.

— Je t'en prie, fais de ton mieux, sinon j'en mourrai !

Elle était venue dès l'aube chercher une issue à son angoisse. À cet instant-là, Kina franchissait le seuil de la cabane enfumée.

— Nous avons un cas à traiter ce matin, lui dit l'Initiatrice. Ouvre le sac là-bas, sors sept feuilles, écrase-les dans le mortier que voici et tamise. Tu y ajouteras cette poudre d'écorces.

Nima, qui entre-temps s'était déplacée, revint vers son assistante lui dire :

— N'oublie pas d'envelopper ton travail de pensées positives, l'herbe et les écorces ne véhiculent que des intentions transmises.

— D'accord, Mère !

En bonne bandzi, Kina s'exécuta. Depuis un certain temps, elle venait assister l'Initiatrice et prenait des cours. Le cas de cette jeune femme méritait qu'elle y mît du cœur. À travers elle, Kina voyait sa petite Ghélongo. Elle s'attela à préparer la mixture qui allait rendre à Dibondo le sourire perdu.

— La mélange est prêt.

— Chauffe la tisane à feu doux et elle la boira. Tu lui prépareras une autre qu'elle amènera chez elle. Passés trente jours, elle reviendra ici pour la suite.

Dibondo prit des mains de Kina le précieux breuvage. Quand elle le porta à sa langue, elle se sentait déjà soulagée de l'angoisse en son cœur. Elle bénit Jésus qui lui avait montré en rêve la cabane de l'Initiatrice. Il est ainsi des esprits apparemment insignifiants qui sont nos voisins, que nous négligeons, mais qui sont porteurs de valeurs considérables ! Dibondo passait souvent devant cette cabane sans se douter que la petite bossue était reliée à l'Éternel.

Restées seules après le départ de Dibondo, Nima et Kina sortirent pour la forêt. Le ciel était haut et le sous-bois frais. D'un arbre à l'autre, d'une plante à l'autre, d'un cours d'eau à l'autre, elles en étudiaient les vertus. Le Seigneur avait d'abord commencé par semer la forêt avant d'y loger l'humain.

— Mère, pourquoi l'humain n'a-t-il pas été créé avant la forêt ?

— De quoi aurait-il vécu, quand tout ce qui est apte à son développement vient de la forêt ?

Se promenant toujours, Nima et Kina arrivèrent au pied d'un gros végétal. Entre ses racines serpentait un ruisseau. Elles s'y arrêtèrent pour se désaltérer. Le long de l'arbre couraient des fourmis rouges. L'Initiatrice dit :

— Vois-tu cette fourmi ? Si elle te pique tu auras de la fièvre, mais c'est son venin qui te guérira. Il en est de même pour les morsures de serpents. Car tout ce qui est bon ou mauvais vient de la forêt. Sais-tu pourquoi ?

— Non, Mère.

— La forêt est l'origine de l'être physique qu'est ton corps.

— Il y aurait donc un second être qui n'est pas physique ?

— Oui, l'esprit. Dans ce *monde*, l'esprit est un étranger et fragile, à qui il faut des vêtements d'un autre *genre*. Il n'y a que la forêt qui peut les lui fournir.

Nima considéra longuement le ruisseau. Comme elle était assise à même le sol, elle prit dans ses mains un peu de terre et dit la mère de Ghélongo :

— L'eau, que tu vois couler, et la terre que tu vois dans ma main, sont parmi les éléments qui te constituent. Si tu y ajoutes l'air et le feu, tu as l'homme dans sa totalité.

— L'air et le feu?

— Oui, l'air que tu respires vient aussi de la forêt qui est animé par le vent. Le feu, tu l'as dans le soleil qui, du haut des cieux, te vivifie. Comprends-tu?

— Oui, Mère.

Elles continuèrent leur promenade dans le bois des abords de la case enfumée. Elles émergèrent au pied d'une colline. Alentour, s'étendait la plaine, entrecoupée par des bosquets verts.

— Comme c'est beau! s'exclama la petite bossue.

— Si, Mère.

— Dieu, dans sa générosité, a mis l'humanité dans un vrai sanctuaire. Pourtant, au sein même de cette humanité domine le Mal!

— Tu as raison, Mère. Ce sont des êtres qui n'ont rien dans la tête!

Nima, qui avait très bien entendu, n'en dit rien dans l'instant. Elle ouvrait la marche et elles arrivèrent sur un marécage. L'eau morte stagnait sur une distance assez longue. Elles s'y arrêtèrent. Un tronc d'arbre servant de pont était jeté par-dessus cette fange puante. Avant d'escalader, l'Initiatrice dit :

— Non, ces êtres-là sont intelligents. J'en suis un exemple : Dieu m'a transmis la Connaissance ; mais Il ne m'oblige pas à la mettre au service du Bien ; ma manière de l'utiliser dépend de mon cœur ; ces êtres-là ont fait un choix.

Elles empruntèrent le tronc d'arbre jeté sur le marais, et tant bien que mal arrivèrent l'autre côté. Nima dit encore :

— Ce monde est géré par deux forces d'inégale nature : le Bien et le Mal, Dieu et Satan. Le fils révolté a voulu démontrer au père qu'il est aussi puissant que lui. Dieu aurait pu le détruire. Or, ce n'est pas ce qu'il a fait. Sans le savoir, Satan est en train d'exécuter les œuvres de son père.

— Mère, comment cela ?

— Tout à l'heure je t'ai dit qu'un humain est composé de deux êtres, le physique et l'esprit. En envoyant l'esprit sur la terre, où Satan a l'illusion de régner, Dieu l'a piégé. Soumis à son vêtement physique, l'esprit résistera-t-il aux vices liés à l'attraction de la matière, à l'illusion de posséder ce qui n'existe pas ? Satan est un bluffeur qui se joue des esprits précaires.

— Mère, si les biens du monde ne sont que chimériques, quel est le sens du voyage ici-bas pour l'esprit ? Que peut-il ramener à Dieu ?

— Si le test est positif, l'esprit entrera dans la confiance divine et trônera parmi les anges. Si le test est négatif, l'esprit s'encrassera aux côtés de Lucifer, son nouveau maître. Le voyage sur terre n'a rien d'autre issue que celui-là.

Le marais puant dépassé, Nima et sa bandzi émergèrent dans la vallée de la cabane enfumée. Le soleil avait disparu derrière les buissons. Il était l'heure de regagner la ville. L'Initiatrice dit :

— Je t'ai emmenée en promenade, heureuse
sois-tu si tu as enregistré.

— Merci, Mère ! C'était plutôt une promenade
initiatique très riche.

— Mets tout ce que tu as vu et entendu dans les
oreilles de ta fille. Tu m'as dit qu'elle va démarrer
un nouveau cycle à la rentrée. Ces informations, si
elle les applique, lui seront précieuses.

Kina se mit sur la piste qui montait en
serpentant entre des immondices. La science de la
mère Initiatrice l'avait transfigurée. Le soir installait
ses voiles sombres quand elle poussa la grille de sa
maison. Elle trouva Ghélongo et Tsanda au salon
en train de siroter un jus. Depuis qu'elles avaient
été reçues par Sœur Esala, les deux camarades se
fréquentaient assidûment.

— Bonsoir, les filles.

— Bonsoir, maman. Tu es restée longtemps
dehors, je m'inquiétais !

— Ghélongo, à mon âge, que peut-il m'arriver ?
C'est Tsanda qui répondit :

— Maman, quel que soit ton âge, tu es précieuse !
Kina apprécia. Devant l'amie de sa fille, elle ne
pouvait pas expliquer où elle était. Quand elle entra
dans sa chambre, les deux camarades continuèrent
à boire et à discuter. Passé le temps, Tsanda se leva,
réajusta ses vêtements :

— Tu diras à maman que je suis partie.

— Je ne manquerai pas.

La nuit succéda au soir. Une nuit assez claire
où l'on apercevait, très loin dans le ciel, des étoiles,

grosses telles des lucioles. Dans la ruelle trottinaient trois malheureux chiens à la recherche de quelques poubelles. Au silence qui s'était établi au salon, Kina réalisa que sa fille était seule, et sortit l'y retrouver.

— Tsanda vient de partir, elle te souhaite une bonne nuit.

— C'est très gentil ! Toi qui n'as jamais eu à me présenter ni compagnon ni amie, je vois en cette fille beaucoup de sérieux et de bonté. Je voudrais que toi aussi, tu la considères.

— Tu as bien vu, maman. J'ai l'impression que nous irons loin ensemble, tellement nos vues se ressemblent. Nous prions tous les jours pour que le Seigneur nous accompagne.

Kina soupira et, en s'asseyant, lui dit :

— Tu fais bien de parler de notre Seigneur, ma fille ! Je sais que tes pensées sont très pures quand il s'agit de Lui. Apprends seulement qu'Il est partout et nulle part, qu'Il peut être ce malheureux ou cet opulent personnage… Lucifer, durant le temps d'une intrigue, peut se retrouver sous ces mêmes apparences. C'est à toi d'avoir le discernement.

— Maman, avec toi à mes côtés, je suis à bonne école.

Dehors, davantage s'installait la nuit. Les réverbères, trop espacés, n'éclairaient pas assez la grande ombre. Posément et avec foi, Kina parla à Ghélongo de sa visite chez l'Initiatrice : les soins administrés à Dibondo, le *voyage* dans la forêt et de la richesse qui en résultait. Elle conclut ainsi :

— Nima a dit ceci : c'est toi qui en es l'exclusive bénéficiaire. Elle dit vrai, car en elle parle le Seigneur.

— Je n'en doute pas.

— Je suis allée hier à la Banque de Dépôt. Il faut y passer déposer ta nouvelle identité. Tu as l'âge requis pour gérer ton compte.

— Oh, je n'y pensais plus ! Dis-moi, combien ai-je maintenant ?

— Le gestionnaire te le dira personnellement.

Par la moue de ses lèvres, Ghélongo comprit que la mère refusait de continuer à servir d'intermédiaire. Kina sentait sur ses épaules le poids de l'âge et voulait que sa fille prît ses responsabilités dès à présent. Ce compte bancaire, c'était son avenir. Et il sera ce qu'elle-même voudra qu'il fût.

— D'accord maman, j'y passerai l'un de ces jours.

Marcher en forêt avait fatigué la pauvre mère. Elle ne tarda pas à gagner son lit, et oublia de verrouiller sa porte. Elle eut un songe à trois scènes :

Elle se noyait dans un lac, était apparu un python qui se proposa de la sauver, mais à condition qu'elle le laissât avaler sa brebis qui broutait sur le rivage ; une offre que Kina refusa net ; plutôt couler que de sacrifier sa seule brebis ; le python lui dit alors : « Tant pis, je vais faire de toi mon repas ! » ; il ouvrit ses mâchoires et sortit sa langue ; au moment de passer à l'attaque, le grand serpent sentit un violent coup entre ses yeux : rage et désespoir l'ayant tonifiée, Kina venait de lui envoyer un coup de pied ; aussi insolite que cela parût, le python recula et dans le lac disparut. Dans une deuxième scène, Kina sarclait sa plantation où poussait un oranger ; soudain apparurent des larrons qui la menacèrent avec ces mots : « Laisse-nous piller ton oranger sinon tu seras molestée et violée. » ; en guise de réponse, elle brandit sa machette et répondit aux indélicats : « Vous n'avez pas honte de brutaliser une femme au motif de cueillir par la force des fruits de son oranger ? Alors, approchez et au moins l'un de vous y laissera sa peau ! » ; troublés par les mots et la détermination de la paysanne, les pillards reculèrent. Dans une troisième scène, Kina fut réveillée par des cris de sa fille en pleine nuit ; elle sortit de sa chambre pour celle de Ghélongo ; celle-ci était agressée sexuellement par sa camarade Tsanda ; quand celle-ci vit arriver la mère, elle se transforma en gorille et dit : « Avance encore et tu seras aussi violée comme elle ! » ; la valeureuse mère ne se fit pas prier et fonça tête la première sur le monstre ; le choc fut effroyable et sur le coup, Kina se brisa une vertèbre ; malgré cette blessure, elle avait réussi à mettre en déroute le grand gorille.

Quand la vieille mère rouvrit les yeux, sa fille était à ses côtés. Les cris l'avaient sortie de son sommeil. Comme la porte de la chambre n'était que poussée, elle était entrée…

— Maman, que t'arrive-t-il ?
— Quelle heure est-il ?
— Le jour s'est levé.
— Mon Dieu !

Corps endolori par une nuit d'efforts, elle se souleva sur un coude. Terrorisée, Ghélongo regardait cette femme déjà avancée en âge essayer de se mettre debout. Elle l'y aida, mais aussitôt, Kina retomba assise sur le lit.

— Je ne me sens pas bien, ma fille !

— Veux-tu que je t'emmène voir un médecin ?

— Emmène-moi rencontrer Nima.

— En es-tu certaine ?

— J'ai fait une série de cauchemars, il n'y a qu'elle pour interpréter.

Rassurée, Ghélongo retourna dans sa chambre se préparer. Elle avait redouté un mal physique qui, à cause de l'âge, aurait eu sur sa mère des effets pervers. Une heure plus tard, les voici sur le sentier qui descendait vers la cabane de l'Initiatrice. Elles trouvèrent la porte close, mais il y avait deux tabourets sur le seuil. Elles y prirent place. Nima arriva, ployée sous le poids des plantes.

— Vous êtes déjà là ?

Cette question sous-entendait qu'elle les attendait. Dans cet intérieur enfumé, de la résine d'essences forestières émanait une odeur de moisissure encore plus forte. Au centre de la salle les trois tabourets avaient disparu, seul brûlait le feu. Nima déposa sa charge avant de dérouler une vieille peau de python.

— Asseyons-nous là-dessus face au feu de bois.

Jambes pliées en position accroupie, elle montra l'exemple.

— Je savais que vous alliez venir, commença-t-elle. Je savais aussi que vous alliez trouver cette porte fermée, c'est la raison pour laquelle j'ai laissé ces deux tabourets, pour que vous m'attendiez.

À ce moment-là, Kina commença vraiment à se sentir mieux. La voix paisible de l'Initiatrice, c'était le plus doux des onguents, c'était le remède par excellence. Ghélongo aussi entendait cette voix couler en elle. Nima dit encore :

— Tu es venue me voir pour que je t'explique le sens des combats que tu as livrés cette nuit. Rassure-toi, tu as parfaitement réussi ces trois épreuves.

Le vent dans les arbres sifflait. Cette claire matinée était menacée par un orage qui sourdement se préparait. Nima dit encore :

— Dans la première scène, tu te noyais dans le lac. Quand tu étais dans le ventre de ta mère, tu baignais dans un liquide qui est un lac. Cette eau t'a donné ce corps dont le centre est la colonne vertébrale. Observe bien, elle a la forme du serpent. Cet animal fait partie de toi, car il gouverne ta vie. En luttant contre le python, tu as combattu tes propres inclinations négatives.

La fumée piquait les yeux et la morve coulait des narines. Dociles, la mère et la fille entendaient. Nima dit encore :

— La brebis sur le rivage, c'est ta fille Ghélongo ici présente. De même que la brebis est précieuse grâce aux agneaux qui sont une richesse, de même ta fille l'est par les enfants qu'elle porte. En la défendant, tu as protégé ta postérité. Comme pour dire que le mal pourrait naître de toi-même.

Le discours de Nima traduisait l'inquiétude qu'avait perçue la fille chez sa mère. Du coup, elle réalisa beaucoup de choses et comprit qu'elle est une enfant très comblée. Nima dit encore :

— Dans la deuxième scène, ta détermination a mis en fuite des voleurs de fruits. L'oranger, qu'ils sont venus cambrioler, c'est ta fille. Cette *parenthèse*, que nous nommons l'existence, est fréquentée aussi bien par les Bons que par les Mauvais. La vigilance reste de rigueur.

Dehors, le ciel avait rapidement changé de couleur, et le vent de cadence. Les arbres se pliaient et de leurs branches tombaient des feuilles et des fruits mal accrochés. Nima dit encore :

— Dans la dernière scène, Ghélongo est agressée par son unique camarade. Tu n'as pas hésité à voler à son secours. Or, derrière l'image de Tsanda, un gorille était caché. Cette bête symbolise l'ennemi qui, dans l'avenir, brouillera cette bienheureuse relation. Que Ghélongo le sache !

Dehors, la tornade commençait à faire rage. Quelle heure faisait-il ? Dans la fumée qui aveuglait les sens, et la crampe qui accablait les jambes, Kina et sa fille avaient perdu toute notion du temps. Nima dit encore :

— Kina, au bout de tes combats, tu as perdu une vertèbre. C'est dans l'ordre des choses. C'est le prix du sacrifice. Je suis satisfaite, entièrement satisfaite. En t'imposant ces trois épreuves, je voulais vérifier ton engagement. Maintenant, vous pouvez vous lever.

— Mère, osa Ghélongo, heureusement que la vertèbre perdue ne l'est que dans le songe ! Avec son âge, comment maman allait-elle supporter la douleur ?

— Ma fille, l'univers du songe est insondable !

Kina n'ajouta rien à cette interprétation des trois scènes. Pour elle tout était réel, aussi indubitable que cette tornade sur la vieille toiture enfumée.

VI

Septembre avait sonné la rentrée. Depuis l'étage, Tsanda regardait arriver Ghélongo, sans se douter qu'elle-même était observée. Dans ce va-et-vient de la rentrée, les couloirs de l'E.N.S. étaient combles. Les anciens et les nouveaux étudiants se croisaient et discutaient avec l'administration. Arrivée très tôt, Tsanda attendait sa camarade pour remplir les formulaires d'inscription.

— Excuse-moi, dit Ghélongo, maman avait un petit souci de santé.

— Il n'y a rien de grave, j'espère.

— Qui sait ? À son âge, il n'y a pas de petit bobo.

Tsanda lui remit le double des formulaires. Elles étaient si concentrées qu'elles ne remarquèrent pas la présence d'un homme bien habillé, dont l'air tranchait avec celui d'un étudiant. Se rapprochant, il les salua :

— Bonjour, mesdemoiselles.

— Bonjour, Monsieur, répondit Tsanda.

Cette personne qu'elles ne connaissaient pas semblait pourtant s'intéresser l'une d'entre elles. Il y eut un bref temps d'observation où chacun attendait comme un signe de reconnaissance. À la fin, l'inconnu demanda à Tsanda :

— N'êtes-vous pas la fille de Ghédimo ?

— Si !

— Je suis Tsinga, fils de Denge et Secrétaire général de l'E.N.S.

— Le fils de mon grand-père, que je ne pensais plus voir de ma vie !

Elle se leva et se jeta dans ses bras. Devant une telle effusion de sentiments, Ghélongo était admirative et surprise aussi. Sa camarade ne lui avait jamais parlé de cet oncle. Tsinga dit Tsanda :

— Ta ressemblance avec ma cousine Ghédimo, ta mère, est parfaite !

— Tu as grandi au village avec les parents, tu as gardé ces vieux réflexes qui ont fait leurs preuves : l'analogie comme critère d'affinité.

C'est ainsi que leur inscription fut simplifiée. Avoir un parent dans l'administration d'une grande école était pour Tsanda une bénédiction. Elle était d'ailleurs ravie quand son oncle lui dit ensuite :

— Je t'invite à venir voir où j'habite.

— Ce serait avec plaisir, tonton !

— Tu peux emmener ta camarade aussi.

Diplômé de l'École Nationale d'Administration, option ressources humaines, le fils de Denge travaillait à l'E.N.S. Homme de principes, catholique convaincu, il n'avait jamais voulu se lier à une femme pour sa seule beauté physique. Ce caractère austère faisait mentir son nom dont le sens était pourtant *douceur*. Nombreuses étaient celles qui l'avaient appris à leurs dépens !

— Mme Ngui va vous installer !

Il dit, puis disparut dans ses appartements.

— Suivez-moi, mesdemoiselles !

Grande et forte, Mme Ngui tenait un peu du gorille dont elle portait d'ailleurs le nom. Ghélongo et Tsanda la suivirent sur la terrasse.

— Prenez place et dites-moi ce que vous buvez.

— Des jus, dit Tsanda.

— Je reviens.

Elle revint avec deux canettes de coca et une assiette d'arachide grillée. Le service terminé, elle s'éclipsa. Il était admirable de voir avec quelle aisance se déplaçait cette dame, malgré sa corpulence. Au service de Tsinga depuis bientôt quatre ans, elle lui tenait lieu à la fois de ménagère et de cuisinière. C'est alors qu'arriva l'oncle de Tsanda.

— Vous êtes bien servies ?

— Oui, tonton !

Tsinga avait troqué son costume trois pièces contre un polo, un pantalon jean et une paire de basket. S'asseyant, il dit :

— Tu diras à ma cousine que je n'ai pas oublié notre enfance, ni même notre adolescence. Les responsabilités administratives ou familiales n'effaceront pas le sang. Je passerai un de ces jours.

— Je transmettrai.

— Voici ma carte de visite !

Elle prit le précieux document et griffonna sur une feuille sa propre adresse.

— Ainsi tu pourras aussi me joindre facilement, tonton.

— Merci !

Quelques moments plus tard, les deux camarades se retrouvèrent dans une librairie où elles se ravitaillèrent en fournitures scolaires. Les cours n'allaient plus tarder avec cette rentrée effective. Le jour déclinant, elles se séparèrent.

Au fur à mesure qu'elle se rapprochait de la maison, Ghélongo sentait une grande joie l'envahir, une euphorie dont elle ignorait jusqu'à l'origine. Les ombres du soir recouvraient un à un les faubourgs. À Iroko tout était calme, pas un chien, pas un chat dans les ruelles. Comme elle s'y attendait, tout était dans le noir, du seuil principal jusque dans tous les coins et recoins. Même la cuisine n'était pas éclairée. La jeune femme trouva cela normal. Kina était très fatiguée quand elle l'avait quittée ce matin. Elle alluma le salon et passa directement dans sa chambre déposer sac et fournitures achetées. Elle appela, avant de frapper à la porte de sa mère :

— Maman ?

Seul l'écho de sa voix retomba dans ses oreilles. Elle poussa le battant qui ne résista pas. Ce que vit Ghélongo dépassait l'imagination ! Jamais une aussi vive clarté n'existât de mémoire de mortel ! Spontanément, elle se couvrit le visage afin de protéger ses rétines. Elle ne sentit rien venir, elle s'écroula sur le seuil de la chambre dont la porte, lentement comme mue par un mécanisme aimanté, se referma derrière elle. La chambre de Kina était devenue une forêt ; il y avait des essences de tous les genres, dont un palmier assez âgé, chargé de régimes mûrs ; au pied du végétal coulait un ruisseau ; les poissons, toutes espèces confondues, venaient se nourrir de ses racines ; des paysans dépeçaient la généreuse plante pour son cœur pour et ses larves ; des oiseaux de tout plumage venaient picorer ces régimes ; des bâtisseurs coupaient la paille qui leur servait à recouvrir leurs toitures ; comme dans un brouillard, Ghélongo vit la vieille Nima tenant sa Bandzi par les deux bras ; elle lui disait : « Regarde, tu es devenue un palmier ; c'est un don que tu reçois des dieux ; ce don est une richesse, une protection ; transmets cette ferveur à ta fille ! » ; ensuite, Nima fit un signe et Ghélongo fut soulevée du sol, des mains invisibles la déposèrent devant les deux femmes ; Kina la bénit et lui cracha sur la tête ; autour s'éparpillait un brouillard d'un autre genre ; quand tout se dissipa, la fille reprit connaissance.

— Maman ? Cria-telle.

Elle se releva et constata avec surprise que Kina était étendue sur son lit.

— Maman ? Cria-t-elle encore.

Elle marcha vers le lit et toucha sa mère. Le corps était froid depuis bien longtemps. La pauvre s'en était allée, à la sauvette, comme pour lui épargner d'effrayantes souffrances. Un coup d'œil à son poignet apprit à Ghélongo qu'il était 8 heures du matin. Elle avait donc passé toute la nuit sur le seuil de la chambre de Kina ! Elle ne comprit pas le sens de cette vision.

Ghélongo fit preuve d'un étonnant courage. Elle ne pleura ni ne se désola. Cette joie qui l'habitait hier soir en rentrant, qu'était-ce? Cette vision où elle était entrée en contact avec les bienfaits insoupçonnés du palmier, qu'était-ce? Se penchant sur le visage de Kina, avant de lui fermer les yeux étrangement ouverts, elle embrassa ses joues, son front et sa bouche. Elle-même ne comprenait pas le sens de ces gestes, elle obéissait comme à un rituel. Elle décrocha son téléphone et appela la Banque de Dépôt. Au gestionnaire, elle se présenta en ces termes :

— Je suis Ghélongo.

— Oui, vous étiez ici il y a quelques jours signer des papiers.

— Maman est décédée… Alertez, s'il vous plaît, les pompes funèbres qui passeront récupérer le corps au quartier Iroko. Je vous en prie !

— Tout de suite, mademoiselle !

Ceci fait, elle appela Tchiama de S.G.A. assurances. Pendant que ces informations circulaient, elle demanda à Tsanda de venir l'assister. Celle-ci arriva au même moment que les pompes funèbres. Après la levée du corps, les deux amies sortirent pour le quartier Beyeme. Depuis le mois dernier, le domaine laissé par Yondzi était libre. En prévision de l'éventuel décès de sa mère, dont la santé se dégradait considérablement, Ghélongo avait anticipé en remerciant les locataires. L'inspection de la maison de ses parents se fit avec l'assistance de Tsanda. Ghélongo pourrait revenir s'y installer dès que possible.

Il fallait absolument recourir à Nima pour comprendre la vision nocturne et le *sens* des *choses*. Tsanda étant devenue sa confidente, Ghélongo lui demanda de l'accompagner chez l'Initiatrice. Chemin faisant, elle lui expliqua qui était Nima. De la même cabane sortait la même fumée. Elles la trouvèrent sur le seuil, assise le dos contre le jour déclinant, face tournée vers l'intérieur de la case. Elle leur parla sans se retourner :

— Ghélongo, je t'attendais. Ce que tu as vu depuis hier soir, tu l'as bien vu et réalisé depuis ce matin. Kina est décédée après t'avoir bénie. En toi vivent désormais tes deux mères, Mbalanga et sa sœur aînée, qui t'assistent quotidiennement. Aussi longtemps que tu vivras dans respect des dieux, aucun mauvais sort ne tombera dans ta maison. Car tu es aussi riche que le palmier qui nourrit la vie, car il est la vie.

Dans le dos de Nima, les deux amies s'étaient immobilisées, mais leurs oreilles étaient ouvertes à cette voix qui coulait comme d'une source, régulière et rectiligne. À la fin, l'Initiatrice poussa la porte et disparut dans la cabane. Ghélongo trouva curieux son attitude, sa manière de parler sans la regarder. Cachait-elle sa douleur d'avoir perdu sa bandzi ? Le saura-t-elle jamais un jour ?

Le retour en ville se fit dans le silence et la méditation. Sept jours plus tard, Kina fut portée en terre, et sa maison vendue. Ghélongo emménagea au quartier Beyeme où elle était née. Le premier mois lui fut assez pénible. Il lui fallait associer à cette immense douleur ses études supérieures. Un jour qu'elle se trouvait avec Tsanda et sa mère, celle-ci dit à sa fille :

— Ton père et moi avons examiné ta requête, nous sommes d'accord que tu ailles habiter chez Ghélongo. Tu l'assisteras de ton mieux et ensemble vous affronterez les examens qui se pointent.

— Merci, maman ! dit Tsanda.

Elle avait d'abord attendu l'avis de sa mère avant d'en toucher un mot à son amie. Même si Ghélongo n'était pas au courant, cette décision la comblait.

— Merci, maman ! dit-elle à son tour.

Aussitôt, la nièce de Tsinga rassembla quelques effets et déménagea chez sa meilleure amie. Là-bas, la fille de Yondzi ne changea rien au plan de la maison. Les anciens meubles avaient déjà repris leur place avec le départ des locataires, récréant ainsi l'atmosphère d'antan. Le vieux fauteuil du père, qu'il avait baptisé Moukéko, même s'il n'y avait pour l'instant personne pour l'occuper, fut ressorti de la remise. Le considérant, Ghélongo dit à Tsanda :

— Ce fauteuil, c'était l'âme de cette maison !

— Je vois, je ressens sa vibration !

— Un jour, il y aura un mâle qui à nouveau l'occupera.

— Que le ciel t'entende et valide !

— Allons derrière, je vais te montrer quelque chose.

Le vieil entrepôt aux machines agricoles et le palmier qui ne donnait plus de régimes depuis belle lurette témoignaient d'un passé empli de secret. Tsanda vit soudain son amie tomber à genoux à l'entrée du hangar. Ses lèvres se mouvaient en une prière à peine audible. Elle venait de se rappeler la morsure de serpent qui avait été pour beaucoup dans ce qui lui arrivait aujourd'hui.

— C'est ici qu'un serpent m'a mordue.

— Et ce serpent, l'avait-on tué ?

— Non, il avait disparu comme par enchantement. Je n'avais que trois ans à l'époque, mais on me l'avait rapporté.

Ghélongo se releva.

— Maintenant que nous avons pris ensemble possession des lieux, dit-elle, soyons rassurées que nous soyons en pleine possession de nos moyens. Oui, rien ni personne ne voudra nous attaquer sans en subir les conséquences.

Tsanda acquiesça et, main dans la main, elles entrèrent dans la maison. La chambre qui jadis fut celle de Yondzi et Mbalanga devint la leur. Ce soir-là, les deux amies restèrent jusqu'à très tard à prier et à chanter des louanges.

VII

L'intercours prendra fin dans trente minutes, quand il sera 10 heures. Ghélongo n'était pas descendue avec Tsanda à la cafétéria. Depuis trois jours, elle était en jeûne. Le décès de sa mère lui avait causé un dérèglement psychosomatique et creusé son appétit. Elle devait perdre du poids et redonner du mouvement à son esprit.

Debout devant la fenêtre par où on apercevait la nationale 1 zigzaguer par la savane, Ghélongo se souvenait de son passé qui n'était d'ailleurs pas si loin. De son avenir, elle n'en savait encore rien. Le fait de n'en savoir rien rendait encore plus vive son imagination. Elle était arrivée à une conclusion nette et précise : les premières années de son existence étaient si riches d'évènements extraordinaires que cela avait fini par la galvaniser. Au firmament de cette exaltation, elle avait conscience que de sa réserve dépendait sa réussite. Celle-ci était liée à la manière dont se dérouleront les prochains examens. Il lui fallait cinq années ici avant sa première affectation…

— Le cours de Mme Iniva sera donné dans l'amphithéâtre N° 7.

— Mais pourquoi ce changement? demanda Eliwa.

— C'est un cours de pédagogie commun aux trois sections A, B, C. Cette salle ne peut les contenir toutes.

C'est Tsinga lui-même qui venait de faire cette annonce. À l'instant, Tsanda revenait de la cafétéria. L'amphithéâtre N° 7 était situé de l'autre côté de la grande cour, sous les arbres fruitiers que fouettait le vent. C'était assurément la plus grande salle de l'E.N.S. Les trois sections, au complet, y firent leur entrée. Quand tout le monde s'installa, alors se leva la professeure. Iniva n'était pas grande de taille, mais elle l'était de bien d'autres manières. Son nom, dans la langue de ses pères, se traduisait par *trésor*; et, physiquement, elle était une perle! Elle vint jusqu'au centre de cet édifice de forme ronde, où les fauteuils avaient remplacé les antiques gradins qui avaient fait, dans l'Antiquité, la gloire triomphante des Césars. Habillée d'une combinaison verte, elle ouvrit ses bras en V et le silence se fit.

— Ce cours de pédagogie, commun aux trois sections, va aborder des questions très simples qui sont la base même de l'éducation. Qui peut dire pourquoi cette discipline est la plus importante pour le futur enseignant?

Cette petite dame n'avait pour unique appui que ce micro dans sa main. Le ronronnement de la climatisation centrale diffusait un air conditionné qui glaçait les doigts des étudiants. Dans le fond de l'immense salle, un doigt se leva. C'était celui d'Eliwa.

— Oui, jeune homme ?

— La pédagogie, c'est l'instruction ou l'éducation des enfants.

— C'est une science qui a l'enfant pour sujet, en effet. L'esprit, c'est-à-dire l'enfant, fait irruption dans un univers nouveau. Il doit se l'approprier et pouvoir avancer vers sa complète réalisation. Ses premiers pédagogues seront les parents, la famille élargie, le quartier et le village.

Un autre doigt se leva, c'était Mpossi. Quand Iniva lui donna la parole, cette étudiante du sud-est du pays demanda :

— Dites-nous, quelle est la place de l'éducation dans la société ?

— Oui Madame, intervint un autre en appui, une société doit-elle nécessairement éduquer ses enfants ?

Micro à la main, la jeune et brillante enseignante continua à faire des pas dans le centre de cet édifice. Tous avaient les yeux sur elle. La même climatisation centrale diffusait le même air glacial. S'arrêtant brusquement, Iniva dit :

— La société est une maison régie par des règles. Chaque pas, chaque parole, chaque geste doit être en harmonie avec ces règles-là, sinon s'instaure le désordre, le chaos. Voilà pourquoi la société a mis en place beaucoup de cadres destinés à *instruire* le futur adulte.

Elle reprit sa marche lente, ouïe attentive à la moindre réaction des étudiants. Sa combinaison verte, alliée à sa petite taille, lui donnait une allure de créature sylvestre. Un étudiant se leva en réajustant le col de sa chemisette. Il se présenta avant de poser sa question :

— Je suis Yanza de la section C. Quels sont ces différents cadres destinés à nous former ?

Sa voix vibrante attira l'attention des camarades et même de l'enseignante. De sa place, Tsanda regardait avec étonnement ce garçon ce dont les manières différaient de celles de la plupart des garçons. Il était d'ailleurs le seul à décliner son identité, signe d'une bonne éducation. Iniva donna cette réponse :

— *Former* est même le terme le mieux adapté… Vous avez la famille, l'école, le lycée, les associations, le milieu professionnel et le milieu religieux.

Encore une fois, Mpossi demanda :

— Mme, je ne comprends pas quel est le rôle que joue la religion dans l'éducation. Pour moi, elle ne forme pas, elle annonce des interdits tels « Tu ne tueras pas, tu ne mentiras pas ! ». Interdire n'est pas éduquer.

Dans l'amphi, des voix s'élevèrent, soit pour contester, soit pour approuver. Un sourire illumina le visage de l'enseignante. Elle demanda :

— Est-ce que, interdire n'est pas éduquer ?

Elle attendait que quelqu'un eût assez de courage pour prendre la parole, au lieu de conspuer dans l'anonymat. Une minute passa, puis deux, puis trois ! Le silence était tel qu'on entendrait voler une mouche. Au moment où la petite dame voulait répondre à sa propre interrogation, Ghélongo leva un doigt.

— Oui, mademoiselle ?

Debout, la jeune femme dit :

— Interdire, c'est éduquer ! Il n'y a pas meilleur pédagogue que le Seigneur. Vous avez eu raison tout à l'heure de dire que « la société est une maison régie par des lois ». Quand Dieu a construit Sa Maison, c'est-à-dire la Vie, Il a aussi établi les règles. Celles-ci sont à la fois orales et écrites. La Tradition est avant l'Écriture…

L'attention de tout l'amphi était rivée sur elle. Iniva elle-même, qui s'était arrêtée de marcher, la dévorait des yeux.

— Puis il y a eu des intelligences au long des siècles et des millénaires qui ont repris ces enseignements divins, cette Morale…

— Peux-tu citer un nom ?

— Jean-Jacques Rousseau, philosophe et écrivain suisse né à Genève le 28 juin 1712. Il est notamment l'auteur de « Émile ou de l'éducation », paru en 1762.

— Bravo ! Comment t'appelles-tu ?

— Ghélongo.

Iniva le nota dans le petit carnet tiré de la poche de sa combinaison. Ensuite, prenant les autres à témoin, elle ajouta :

— Dans Genèse 2, versets 16 et 17, Dieu dit à l'homme : « Tu pourras manger de tous les arbres du jardin ; mais tu ne mangeras pas de l'arbre de la connaissance du bien et du mal, car le jour où tu en mangeras, tu mourras. ». L'éducation commence toujours par un interdit. Quand l'interdit n'est pas respecté, s'en suit la sanction.

— Ici la sanction a valeur d'éducation.

— Absolument, mademoiselle !

Debout à la porte nord de l'amphi, Tsinga ne perdait rien de la leçon. Il était venu là vérifier si, à la suite des dégâts électriques causés par la dernière tornade, la climatisation centrale avait été réparée. La voix de la jeune étudiante et sa parfaite maîtrise du sujet l'avaient séduit. Il se promit de la suivre désormais. Tsinga sortit de l'amphi au moment où Iniva développait les cinq étapes de « Émile ou de l'éducation » :

— Dans son traité, l'auteur distingue cinq moments cruciaux : les deux premières années où le nourrisson est en parfaite sympathie avec la nature ; entre douze et quinze ans, où l'apprentissage d'un métier manuel est un moyen idéal de socialisation ; entre quinze et vingt-ans, qui est le moment consacré à l'amour et à la religion ; au-delà de vingt ans, c'est l'entrée dans la vie sociale.

On entendait de partout le bruit des stylos sur le papier. Les étudiants n'avaient que le plaisir de boire à cette bonne source. À la fin, ils entourèrent leur professeure pour en apprendre davantage. Et pourtant, ce n'était pas leur première fois d'assister à son cours. Mais, contrairement aux autres fois,

Mme Iniva n'avait pas réuni les trois sections dans une leçon commune.

— Mme, à quand la prochaine leçon ? demanda Mpossi.

— Oui, à quand ? insista Eliwa.

— Il ne nous reste plus beaucoup de temps, vous savez !

Tant bien que mal, elle réussit à sortir de l'amphi. Alors qu'elle s'apprêtait à démarrer sa voiture, elle aperçut Ghélongo et Tsanda qui passaient.

— S'il vous plaît, mes chéries ! leur dit-elle.

Les deux camarades arrivèrent.

— Ghélongo, qui était ton enseignant de philosophie ?

— Sœur Esala. C'est elle qui nous a conseillé de nous inscrire ici.

Elle lui présenta Tsanda.

— Ravie de te connaître aussi, ma fille ! Esala a été ma condisciple durant tout le temps qu'ont duré nos études. Nous étions si complices que nos camarades avaient fini par nous baptiser « les inséparables ». Je vois que vous avez été bien formées. Esala était assurément la plus brillante de notre promotion. Elle aurait pu enseigner dans le Supérieur si elle avait voulu continuer ses études. Mais, notre entente est si forte que malgré ce petit décalage, nous sommes toujours unies. D'ailleurs, dans quelques moments, je la retrouve !

— Mme, osa Tsanda, vous avez beaucoup de points communs.

— Donc, c'est vrai ?

— Même éclat sur le visage, même intelligence, même discrétion !

— Si j'étais une Blanche, j'en rougirais !

Comme elle avait les mains sur le volant et le moteur tournant, elle l'arrêta et descendit. Elle les prit par les mains et, les joignant, leur dit :

— Vous aussi, vous avez beaucoup de points communs, mes enfants ! Ne vous séparez jamais et cultivez davantage cette complicité. Il n'y a rien de tel que deux esprits jumeaux dans l'amour. Le Seigneur veille !

Ensuite, elle remonta dans sa voiture. Debout dans la cour et dans le vent, Ghélongo et Tsanda réalisèrent combien est bon le Seigneur. Sa Maison, la Vie, est absolument à son image. Harmonie dans le paysage, correspondance entre les esprits. Il ne restait qu'à l'Homme d'en être conscient.

VIII

Les étudiants des trois sections de philosophie 1ère Année étaient regroupés sous l'auvent, attendant, avec une sorte d'anxiété, l'affichage des notes de passage. Un gros manguier au feuillage jauni surplombait la cour. Les minutes s'égrenaient, les heures à la suite des heures coulaient et la nervosité les gagnait. Soupçonneux comme le traduit son nom, Eliwa grognait dans un coin, car il se présentait à cet examen pour la troisième fois. Il dit :

— Je parie que le corps enseignant est encore dans les mêmes combines… Quel tourment quand on ne connaît personne !

— Oui, sinon rien n'expliquerait ce retard.

Ainsi parla à son tour Mpossi. Le soleil de midi enflammait les cimes des arbres qui, à l'approche de juillet, perdaient leurs feuilles. Chaud était le vent, et perçant le chant des oiseaux. Dans cette attente fiévreuse, tout était lassant. À son tour, s'étirant indolemment, Moupoudou bâilla et dit :

— Le sommeil me gagne !

Tout le mois de juin, ils l'avaient passé à plancher sur des sujets en rapport avec leur programme : la philosophie, la psychologie, la psychanalyse et la pédagogie. À ces matières principales, il fallait ajouter la rhétorique. L'École mettait beaucoup l'accent sur l'éloquence. Un enseignant qui ne savait pas communiquer était d'office disqualifié. Considéré comme un citoyen modèle, l'éducateur devait être porteur d'une certaine *lumière*.

Alors que Moupoudou ronflait, Mbinda se leva. Ses yeux jetaient des éclairs et la morve suintait des commissures de ses lèvres. Armé d'un coutelas, ce garçon issu des savanes du sud était aussi un patenté fumeur de cannabis.

— Aucune fille ne passera devant moi. Alors là, le sang jaillira !

— Attention, mon frère !

— Attention, pour qui ?

— Pour toi !

Mbinda n'avait vraiment pas l'air de blaguer. Cheveux fous et œil rouge, il vint se planter devant Eliwa qui recula.

— Je ne passerai pas cet examen trois fois comme toi ! Si dans ce pays les moyennes sexuellement transmissibles ont la vie dure, c'est à cause des poltrons de ton acabit !

Si tu penses que c'est de cette manière que tu auras gain de cause, tu te trompes en t'attaquant à moi !

— Alors, de quel droit te mêles-tu ?

Cette altercation avait attiré des camarades. La chaleur aidant, tous avaient la colère à fleur de peau, et une moindre étincelle était susceptible de dégénérer. Mpossi dut intervenir par ces mots :

— Ne nous trompons pas d'adversaires !

Le soleil continuait à taper dans les arbres et sur les nerfs. Les étudiants, qui s'étaient rassemblés autour d'Eliwa et Mbinda, attendaient avides dans l'impatience. Soudain, du haut du majestueux manguier, tombèrent d'autres belligérants. Un épervier avait dans ses serres un mamba. Pris de panique, les étudiants se dispersèrent. Les plus hardis revinrent et à distance se postèrent, afin de suivre l'extraordinaire affrontement. On ne sut qui des deux bêtes voulait manger l'autre. Les deux luttaient maintenant pour la survie. Le serpent, bien que prisonnier du rapace par la tête, l'avait pris dans ses anneaux. Ils roulèrent dans la poussière avant de s'immobiliser au pied du manguier. C'est à ce moment qu'arrivèrent Ghélongo et Tsanda. Occupés par la lutte à mort de l'épervier et du mamba, leurs camarades ne les remarquèrent pas. Après un long temps d'attente, Mpossi s'approcha à un mètre des bêtes qui vivaient encore.

— Les garçons, cria-t-elle, venez les achever !

— Toi-même, achève-les ! lui lança Mbinda de loin.

Dans sa fuite, il avait perdu le coutelas avec lequel il menaçait Eliwa. Mpossi se désola. Eliwa ramassa un caillou. Parvenu à proximité des bêtes, il le balança sur elles. Le sang gicla. Au vu de l'immobilité des corps, il annonça :

— Ils sont morts !

Tous accoururent alors se pencher sur les deux prédateurs, devenus victimes l'un de l'autre. C'est dans ces instants-là que M. Ampassi, l'appariteur, arriva pour l'affichage des notes. L'attroupement des étudiants l'obligea à venir jusqu'au pied du manguier où il découvrit le mamba et l'épervier morts. Il se pencha et dit tout en les ramassant :

— Béni soit Dieu !

— Monsieur, l'interpela Mbinda, pensez à ceux qui les ont tués !

Le souci des autres était revenu à l'affichage des résultats. Nul ne fit donc attention au conflit naissant entre ce camarade et l'appariteur. Pendant que celui-ci collait les feuilles sur le tableau, arriva à son tour le Secrétaire général. Il était-là pour éviter les débordements malheureux des sessions antérieures, où le mécontentement de certains étudiants avait occasionné des manifestations violentes. Tsinga n'était pas seul, l'accompagnaient une dizaine de policiers armés de casques, de boucliers et de gaz lacrymogènes. Afin de limiter la casse, l'administration avait pris le soin de munir le tableau d'affichage de volets grillagés à clé.

Il n'y eut que 33 admis sur plus de 750 étudiants des trois sections. Ghélongo et Tsanda avaient les meilleures moyennes. Mbinda, Eliwa et Mpossi étaient du nombre des admis. Mais cela ne les empêcha pas d'être de ceux qui se révoltèrent contre Ghélongo et Tsanda.

— Comment faites-vous ? leur demanda Eliwa.

— Vous avez l'habitude de soudoyer les enseignants ! leur dit Mbinda.

— Quel est votre secret ? renchérit Mpossi.

C'est alors qu'une autre voix se fit entendre, une voix vibrante que reconnut aussitôt Tsanda. Yanza était scandalisé devant la violence de leurs propos. Il réaffirma son irritation :

— Je suis indigné par votre attitude qui ne reflète pas la discipline prônée à l'E.N.S. Comment pouvez-vous harceler ces deux demoiselles qui ne vous ont rien fait ? Quelle preuve avez-vous ?

— Si tu les défends avec autant de véhémence, c'est que tu te reconnais en elles. Sinon, comment expliques-tu que c'est justement toi qui as la troisième meilleure moyenne ?

Ainsi réagit Mbinda, dont l'entêtement s'éloignait de la raison. Ayant compris qu'aucune fleur ne pousse sur un rocher, Yanza se désola. Prises dans ce cercle infernal, les deux jeunes femmes ne pouvaient ni rien dire ni fuir. Elles ne comprenaient pas comment, partout où elles passaient, elles déclenchaient cette animosité. Mbinda devint encore plus virulent :

— Les camarades utilisent des méthodes orthodoxes, vous vendez votre corps et vous n'avez vraiment pas honte !

Ampassi passait. Comprenant que la situation pouvait très vite dégénérer, il alla solliciter l'intervention de Tsinga. Celui-ci arriva, suivi par un policier. Ce n'est qu'à leur vue que les autres s'écartèrent.

— Ne restez plus là, rentrez chez vous !

Elles remercièrent le Secrétaire général et s'empressèrent à quitter les lieux. Du tableau d'affichage au portail de l'École, il y avait une bonne distance à parcourir. C'était déjà l'après-midi, le soleil continuait à brûler les nerfs ainsi que les cailloux de la cour. Dans le dos des deux amies, leurs camarades laissaient éclater lamentations et contestations.

— Arrêtons-nous un moment chez Tsinga, dit Tsanda, la chaleur me brûle la gorge. Je vois que tu transpires, tu devrais te désaltérer.

— Non, aller chez ton oncle serait donner foi aux accusations dont nous sommes victimes. Nos camarades sont si mal intentionnés qu'ils pourraient accuser le Secrétaire général de nous communiquer les sujets !

— Tu as parfaitement raison ! Voici une fontaine publique, même si l'eau est chaude, elle nous rafraîchira quand même !

Elles s'écartèrent du chemin qui menait au portail. Arrivait aussi Ampassi. Lui aussi devait avoir soif, puisqu'il suivit les filles vers le point d'eau. En bandoulière, il avait le paquet contenant le mamba et l'épervier. Mbinda, qui n'avait pas lâché les filles, les avait donc suivies de loin, espérant trouver l'instant propice de les violenter. Dans la main il brandissait le coutelas qu'il avait retrouvé. Il s'approcha des filles et dit :

— Sorcières jumelles, vous allez me montrer vos slips, fortune qui vous permet de monnayer les notes. Allez, déshabillez-vous !

Son regard était rouge de cannabis et son haleine folle. Il alla droit sur Ghélongo et lui prit le bras.

— Lâche-moi, pauvre fou ! hurla-t-elle.

— Moi, « pauvre fou » ?

Dans son emportement, il la poussa contre Tsanda. Les deux demoiselles, déséquilibrées, roulèrent sur le sol. Ampassi essaya de voler à leur secours.

— Surtout pas toi, voleur de gibier ! D'ailleurs, rends-le-moi !

L'appariteur n'eut pas la force de lui résister. Le paquet lui fut arraché sous la menace du coutelas. Le bruit de la rixe attira en très peu de temps les autres camarades. Tsinga et la dizaine de policiers arrivèrent aussi sur les lieux.

— Votre comportement est indigne pour un futur enseignant, dit le Secrétaire général à l'indélicat. Vous allez passer un séjour en détention et, selon les textes en vigueur, vous serez exclu. C'est dommage, mais une grande école n'est pas une faculté. Ici, tout manquement à l'ordre est sévèrement sanctionné !

Les camarades présents entendirent et nul ne rechigna. Mbinda fut menotté et conduit en cellule. Ampassi récupéra son gibier. Si la dignité des filles fut souillée, la décision de Tsinga soigna leur image arbitrairement écornée.

IX

Malgré les violences dont elles avaient été victimes, les deux amies avaient la joie au cœur. Avec leur brillant passage en 2ème Année, l'avenir se présentait sous de meilleurs auspices. Tsanda décida d'amener Ghélongo passer un mois de vacances chez sa grand-mère Diongo. Pour s'y rendre, elles empruntèrent l'autocar, l'unique moyen dont disposaient les populations pour aller en province. Le chauffeur s'appelait Nyongo, un punu bon teint, grand et jovial. Ce matin-là, la gare routière était bondée d'étudiants. Le soleil étincelait, gais étaient ces jeunes qui allaient se ressourcer dans leurs familles.

À quelques kilomètres de la ville, après la poussière, le véhicule zigzaguait sur des crevasses, ballotant dangereusement les voyageurs. Ghélongo, qui empruntait pour la première fois cette route, avait mal à l'estomac.

— Cela va encore durer longtemps ? demanda-t-elle à Tsanda.

— Mughombo est à quelque 400 kilomètres de la capitale. Mais rassure-toi, quand nous rentrerons dans la plaine, le chemin sera moins caillouteux.

De chaque côté du chemin, la forêt traçait un rempart vert. Un voisin de banquette se mit à vomir dans un sachet d'emballage.

— Je crois que moi aussi je vais faire comme lui ! dit Ghélongo.

— J'ai prévu un sachet pour toi, rétorqua son amie.

— Merci !

Elle régurgita tout ce qu'il y avait de liquide et de solide dans son ventre. Cela dura aussi longtemps que les mouvements du vieil autocar secouaient les passagers.

— Tu verras, cela va te faire du bien.

— Certainement, mais à quel prix !

Longeant une rivière, ils croisèrent des femmes chargées de paniers. Nyongo arrêta sa machine et leur demanda ce qu'elles transportaient.

— Du poisson fumé que nous allons vendre en ville.

— Quel type de poissons ?

— Silure, carpe, brochet, yara, machoiron.

Le chauffeur descendit et avec lui Tsanda. Pendant que l'homme tournait indécis autour du panier de silure, la petite-fille de Diongo achetait le yara et la carpe, poissons dont son amie et elle-même raffolaient par-dessus tout. Cette escale permit aux autres voyageurs de se délasser en faisant les cent pas. Finalement, Nyongo n'acheta rien, estimant que le silure n'était pas à son goût. Beaucoup plus loin, ils virent trois hommes qui dépeçaient sur le bord de la voie un sanglier fraîchement tué. S'étant garé sur le côté, le chauffeur leur cria :

— Bonnes gens, où avez-vous tué ce gros sanglier ?

— Nyongo, rétorqua l'un deux, quelle question ! Ne sommes-nous pas dans une forêt giboyeuse ?

Le chauffeur reconnut la voix de Diambu et descendit en riant.

— Tu n'as pas ton pareil pour répliquer.

— Décidemment, on va te nommer le roi de la route !

— J'ai cet autocar à rembourser. Si je ne travaille pas, le concessionnaire me le reprendra. Et toi qui écumes la brousse, j'espère que tu es en règle avec les Eaux et Forêts qui régulent la faune et la flore dans ce pays !

— Pas avec l'administration, mais avec un haut fonctionnaire à qui j'envoie du gibier. Il me couvre jusqu'ici ! Si je ne fais pas cela, avec quoi vais-je nourrir mes trois femmes et leurs enfants ?

Les deux hommes, complices comme deux larrons, éclatèrent de rire. Très prisé par des connaisseurs, le sanglier fait partie des bêtes dont la chair est recherchée pour sa succulence.

— Je prends un gigot, dit Nyongo, à combien me le vends-tu ?

— Tu n'es pas un étranger dans le coin, tu connais bien les prix.

— Tu as raison, je ne suis pas un étranger, ni dans le coin, ni à tes yeux. Fais-moi alors un prix de parent !

Diambu partit d'un gros rire et dit :

— Tu n'as non plus ton pareil pour répliquer !

Un quart d'heure plus tard, à la suite de cette *négociation*, le voyage reprit son cours. Après beaucoup de kilomètres, l'autocar sortit enfin du sous-bois pour la plaine. Le paysage, d'une beauté sans pareille, s'étirait. L'herbe n'était ni haute ni sauvage, mais comme dessinée par une main divine. Des bosquets, s'élevant ci et là, formaient de magnifiques auréoles.

— Comme c'est beau ! s'écria Ghélongo.

— N'est-ce pas ce que je t'ai promis ? rétorqua son amie.

Envoûtés par la même *magie*, les autres passagers, à cœur joie, se mirent à chanter. Le véhicule ne zigzaguait plus, il roulait comme sur le bitume, tant le sol était uni et ferme. Le vent qui soufflait sur la plaine s'engouffrait de même dans l'autocar et ravivait les esprits. Tsanda révéla à son amie ceci :

— La tradition raconte que dans un temps très ancien, cette plaine appelée Woghué était un village immense et prospère. Les gens avaient l'amour en partage. Les tisserands brodaient le raphia qu'ils distribuaient. Les forgerons battaient le fer qu'ils partageaient sous forme de haches, de houes et de sagaies. En saison sèche comme maintenant, les villageois s'unissaient dans les travaux champêtres.

Mais, à l'issue d'une pluie qui dura trois jours et autant de nuits, un déluge avait curieusement englouti cette communauté qui avait atteint un haut degré de civilisation.

— C'est extraordinaire !

— Oui, cette plaine est sacrée.

— Cette histoire, est-elle connue ?

— Sinon, comment serait-elle arrivée jusqu'à moi ? Je la tiens de ma mère, qui elle-même la tient de la sienne. Diongo est un puits de connaissances. Mais, comme elle le dit souvent, la Mémoire se perd faute de Conservatoire.

Spontanément, comme pour permettre aux voyageurs de jouir à satiété de cette beauté derrière la vitre, le chauffeur de l'autocar ayant ralenti ne roulait plus qu'au pas. Un kilomètre environ plus loin, il stoppa sa machine. De chaque côté du chemin, des buffles étaient alignés et, tournés vers la route, attendaient. Au beau milieu de la voie, une femelle mettait bas. Tout fragile et tout gluant, un petit sortit de ses entrailles. À ce moment-là, on entendit comme un roulement de tambour sur les deux côtés de la route. Un long mugissement de buffles accueillait la délicate naissance. La mère se redressa et se mit à lécher son petit. Quand celui-ci put trotter, le troupeau se mit en branle à travers la magnifique plaine. Le spectacle était étonnant ! Une telle expression d'assistance, pour des bêtes sauvages, paraissait irréelle.

— Du jamais vu ! s'exclamèrent quelques voyageurs.

— Bravo le chauffeur! lança le voisin de banquette. Tu sais respecter la vie!

— Je n'avais jamais assisté à une naissance de ce type! dit Ghélongo.

Déjà enivrés par la beauté du paysage, les étudiants entonnèrent à l'unisson des chansons en vogue dans le pays. C'est dans cette atmosphère chaleureuse qu'ils arrivèrent à Mughombo. L'escale ne dura guère plus de cinq minutes, Tsanda et Ghélongo étant les seules à y descendre. Alors que Nyongo et ses voyageurs continuaient vers le sud, les deux amies prenaient la direction de la maison de Diongo. Le soleil d'après-midi jetait des rayons colorés à l'horizon. Bâti à une cinquantaine de kilomètres de Woghué, le village s'étirait au loin.

— Nous voici arrivées!

— Je vais connaître enfin cette grande dame qui t'a maternée!

— Quand je lui ai dit au téléphone que je t'amenais, sa joie n'était pas feinte.

Pour une maison de campagne, l'habitation de Diongo avait belle allure. Elles y entrèrent et aussitôt, un cri retentit :

— Tsanda, le sang de mon sang!

— Grand-mère, la maman de ma maman!

Elles tombèrent l'une dans les bras de l'autre. Ghélongo assistait à cette scène avec les larmes aux yeux. Sa situation d'orpheline l'avait rendue encore plus sensible à toute effusion de ce type. La chienne Ida, mère du chiot de Tsanda, vint tourner trois fois autour d'elle et repartir aboyer auprès de Diongo.

— Voici Ghélongo ! dit la petite-fille à sa mamie.

— Tu es ici chez toi, car je te connais avant même de te rencontrer.

Elle lui fit l'accolade et leur montra la chambre, celle qu'occupait sa propre fille. Elles en étaient là quand un homme d'un certain âge entra. Au bruit des voix, Denge avait compris que les « étrangères » attendues étaient arrivées. Quand il vit sa petite-fille partie en ville depuis longtemps, il ouvrit vers elle ses bras aux poils blancs :

— Petite femme, dit-il, tu as grandi !

— Oui, ce n'est plus la gamine qui faisait pipi sur tes cuisses !

Sourire aux lèvres, Tsanda se laissa enfermer dans l'étreinte du grand-oncle. Avec sa queue noire à l'instar de son pelage dressé comme un étendard, la vieille chienne Ida n'arrêtait pas de tourner et d'aboyer. Tsanda dit à Ghélongo :

— Voici Denge, le grand frère de maman et le père de Tsinga.

— Je suis contente de faire ta connaissance.

— Tu es ici chez toi, rétorqua l'homme.

Il lui donna l'accolade. Assise à l'écart, Diongo souriait. Depuis que son grand frère avait perdu son épouse, ils avaient retrouvé leur complicité d'enfance. Au fur et à mesure que l'âge les en éloignait, ils se rapprochaient davantage. Elle dit aux deux camarades :

— Allons à la cuisine, vous devez être fatiguées et affamées.

Le jour avait considérablement décliné. Le soleil, qui enflammait l'horizon de ses rayons colorés, avait maintenant disparu. Montait de la forêt voisine un immatériel gaz : la chaleur remontait au ciel où elle deviendrait la prochaine pluie. Les trois femmes se retrouvèrent derrière la maison. La vieille cuisine, dont Tsanda connaissait tous les aspects, n'avait pas changé. C'étaient la même écorce aux murs, les mêmes paniers accrochés, la même longue étagère pleine d'ustensiles divers, et ce long banc où toutes les trois étaient assises. Aussitôt, entre la grand-mère et la petite-fille il eut cet échange :

— Comme tu le vois, rien n'a changé depuis ton départ.

— Ne me dis pas que le temps s'est figé parce que j'étais partie.

— Presque ! En trois années, nous étions devenues si proches !

— Ta fille est venue me chercher. Pourquoi m'as-tu laissé partir alors ?

— Ton avenir passe avant mon égoïsme… Te voilà maintenant à l'université, où tu as pour amie cette future grande dame, où tu rencontreras aussi ton mari.

Ghélongo entendait ces échanges, elle voyait en la grand-mère de son amie sa propre mère. À cet âge-là, elles sont très fascinantes ! Quand Diongo se leva, le regard de la fille de Kina la suivit. La vieille dame ouvrit un placard.

— Il y a ici des beignets de banane à l'huile de palme. Je les ai apprêtés pour vous en attendant le soir.

— Nous avons acheté du poisson fumé en chemin…

— Va le chercher, j'ai encore assez de temps pour le cuisiner.

La petite-fille ressortit et revint aussitôt avec le paquet. Ida la vieille chienne n'arrêtait toujours pas de tourner autour d'elle. Cela fit sourire Diongo qui demanda à Tsanda :

— N'as-tu pas remarqué autour de toi le ballet de la bête ?

— Après une aussi longue séparation, il est normal que la chienne communique sa joie de me revoir.

— Il y a autre chose !

— Quoi donc ?

— Ida n'est pas uniquement un animal, c'est aussi une mère. Comme elle était très liée à son petit que je t'avais offert, elle voudrait que tu lui en donnes des nouvelles ! Tu es arrivée, même pas un câlin de reconnaissance envers elle !

Désolée, Tsanda s'agenouilla et se mit à la câliner.

— Je te présente mes excuses ! Vois-tu, je devais tôt ou tard m'occuper de toi. Ton chiot est devenu un bon chien de compagnie pour maman, parce que je ne vis plus à la maison, mais chez Ghélongo, ma sœur que voici.

Comme si elle comprenait ce discours, Ida miaula longuement, le museau entre les jambes de Tsanda. Cette scène fut interrompue par l'arrivée dans la cuisine du grand-oncle.

— Petite femme, quand tu auras le temps, viens me donner des nouvelles de ton oncle Tsinga. Cela fait si longtemps qu'il n'appelle pas.

— D'accord !

Le lendemain matin, de bonne heure, les deux demoiselles rentrèrent en brousse derrière la grand-mère. Trente jours de vacances étant insuffisants pour avoir du village une bonne connaissance, il ne fallait pas perdre de temps. Elles marchaient en ignorant où Diongo les amenait. Le jour était clair et le buisson frais. De loin en loin s'entendait le fol écho du touraco. Au fur et à mesure qu'elles avançaient, celui-ci se rapprochait. Effrayées, les deux amies, collées à la mamie, trébuchaient sur les racines.

— Ne soyez donc pas inquiètes, leur dit-elle, ce n'est qu'un petit oiseau.

À peine avait-elle dit qu'elles le virent et s'en émerveillèrent. Qu'il était magnifique avec sa huppe érectile et son bleu vert plumage ! La première parole vint de Tsanda.

— Que mange-t-il pour avoir ce beau plumage ?

— Comme tous les oiseaux, le touraco se nourrit de fruits et de végétaux.

— Tu devrais le savoir, amie ! ironisa Ghélongo.

— Je n'avais que trois ans !

Pendant qu'elles continuaient à marcher, le petit oiseau des bois voletait d'une banche à l'autre, sa chevelure verte faisant corps avec le feuillage. Sur ce sentier dans lequel avaient marché tant de gens, le sillon creusé par leurs pieds avait durci. Heureusement que les baskets des filles étaient d'assez bonne qualité pour ne pas s'abîmer. Elles arrivèrent sur la berge d'une rivière dont l'eau coulait avec furie. La grand-mère dit :

— Voici Mukéko, la rivière qui doit son nom au barrage que nous venons visiter. Ne lancez aucun objet pointu dans la chute d'eau, il vous sera rendu violemment sur le visage.

— Par qui donc ?

— Par les génies.

Ghélongo, qui avait interrogé, eut des frisons. Elles longèrent le cours d'eau vers l'aval jusqu'aux bruyantes cataractes, où la rumeur de l'onde couvrait totalement la rumeur de la forêt. Sur le voisinage flottait une épaisse brume en même temps que s'élevait un magnifique arc-en-ciel. Ghélongo s'écria :

— Magnifique !

— Effrayant plutôt ! renchérit son amie.

Debout sur la bruyante berge, elles regardaient l'inquiétant remous. Avant d'être projetée en bas, l'eau tournait en entonnoir au-dessus du sonore barrage.

— Grand-mère, dit Tsanda, où sont les génies ? Je ne vois vraiment rien !

— Tu ne peux les voir, et pourtant ils sont là !

— Comment le sais-tu ? demanda Ghélongo.

La vieille femme ne répondit pas tout de suite. Elle observait l'arc-en-ciel au-dessus des arbres. Elle observait l'entonnoir au-dessus de la cascade. La brume flottait, épaisse et obscure. À la fin, elle répondit :

— Comment je le sais ? Que Tsanda me le demande, je peux comprendre ; je n'avais pas eu le temps de lui transmettre la connaissance à cause de son retour à la ville. Ce qui n'est pas ton cas, car tu l'as reçue avant même de naître.

Le discours de Diongo étonna la fille de Kina. Face à la cascade, elle s'assit sur les racines, imitée par les deux amies. Comme si elle fouillait l'onde avec ses yeux, la vieille femme se figea.

— Je vais néanmoins te répondre, dit-elle à Ghélongo. Les femmes de mon pays ont pour rite le *nièmbè*, dont je suis devenue, à la suite de plusieurs années d'apprentissage auprès de ma grand-mère, une nima. En tant que telle, j'ai de l'Inconnu une culture assez solide, et je me trompe rarement.

La fille de Kina se réjouissait d'entendre ce discours et se sentait en sécurité. Tsanda jubilait d'avoir comme grand-mère Diongo, dont la science lui permettra d'accéder à un degré d'instruction complémentaire.

— Comme ma propre grand-mère l'avait fait pour moi, j'avais voulu de même instruire ma petite-fille. Je pensais qu'elle resterait avec moi jusqu'à l'âge de la raison... Le devoir d'une nima est de transmettre.

Son regard partit de la cascade et se posa sur Tsanda.

— Si tu le veux, je voudrais profiter de ce séjour pour rattraper le temps perdu.

— Oui, je le veux !

— Vraiment ?

— Absolument !

— Alors, attends !

Il y avait au bord de l'eau un arbrisseau fleuri. La vieille dame alla y cueillir trois feuilles et autant de fleurs. Avec les trois feuilles, elle forma trois petits entonnoirs où elle écrasa chacune des trois fleurs jusqu'à l'obtention d'une sève blanchâtre. Et, face à la rivière, elle interpela la cascade en ces termes :

« Je suis Diongo. Nièmbè est mon rite et nima mon grade. Cascade de mes ancêtres, ouvre ta cour, j'arrive te présenter les filles. »

Elle dit, puis demanda aux demoiselles d'enlever leurs vêtements sauf leurs slips. Elle les imita. La brume et l'arc-en-ciel lentement se dissipaient. Les cascades avaient fait silence. On n'entendait plus que le bruissement naturel de la forêt et le chant des oiseaux.

— Je vais mettre dans nos yeux, nos narines et nos oreilles cette sève. Pendant une heure, nous verrons et respirerons dans l'eau comme en plein jour. N'ayez aucune crainte du monde d'en bas. Il est comme le nôtre.

Diongo utilisa comme elle l'avait expliqué la sève. Les demoiselles ne sentirent ni picotement ni vertige. Au moment de plonger, la grand-mère à nouveau les rassura :

— Il n'y a ni magie ni sorcellerie, comme le diraient ceux qui n'ont pas de la nature une réelle connaissance. Chaque herbe est dotée d'un grand pouvoir. Mais l'homme sans discernement, qui vit hors du courant divin, l'ignore.

Rassurées, à la suite de Diongo, elles plongèrent. Le scaphandre permet au scaphandrier de séjourner dans l'eau. La sève donnait aux trois dames le même avantage. Ainsi nagèrent-elles jusqu'à une caverne gardée par un génie-sentinelle. À la vue des visiteuses, il s'inclina et les laissa pénétrer dans un couloir lumineux où elles furent accueillies par un génie-escorte. Lequel les guida jusqu'à une porte. Un troisième génie les mena dans une immense salle où trônait Mughési. Aussitôt, des vibrations télépathiques emplirent leurs oreilles. Elles entendirent :

— Sois la bienvenue, Nima ! Je suis toujours contente quand tu demandes à me voir. Que m'amènes-tu de l'arrière-pays ?

Diongo s'agenouilla, les filles l'imitèrent.

— Je viens, dit-elle, te présenter ces demoiselles.

— Je les vois, en effet ! Que veulent-elles ?

— Elles sont assez grandes pour parler.

La fille de Ghédimo, la première, s'exprima en ces termes :

— Je suis Tsanda. Le monde d'où je viens est porté par le vice et la jalousie. J'ai besoin de protection et de discernement.

— Ton sens de la mesure me plaît. Nima va accéder à ta requête. Car à elle j'ai offert le Livre de la nature.

Elle dit, puis se tourna vers son amie. Celle-ci, à son tour se présenta :

— Je suis Ghélongo…

Mais Mughési la stoppa par ces mots :

— Je te connais bien avant ta naissance au monde terrestre, car tu es mon produit personnel. À tes parents biologiques, j'ai inspiré ton patronyme, qui est tout un programme. Tu n'as plus besoin de rien.

Seules les deux camarades étaient surprises par la révélation. Diongo entendait ce qu'elle savait déjà. Avant de sortir de la salle, Tsanda et Ghélongo reçurent chacune un anneau doré sur l'annulaire de la main gauche. Elles ne posèrent aucune question, Mughési non plus ne leur en dit rien. Avant d'avoir épuisé le temps qui leur était imparti, les trois femmes regagnèrent la rive. Tout était toujours calme. Elles se rhabillaient quand la brume et l'arc-en-ciel, lentement, se remettaient en place. En même temps, la cascade reprenait son murmure.

Revenues au village en fin d'après-midi, les deux amies s'enfermèrent dans leur chambre et reprirent souffle, tant les évènements auxquels elles avaient assisté étaient invraisemblables. Elles croyaient sortir d'un rêve, mais les anneaux à leur annulaire prouvaient le contraire. Comme la nuit allait tomber, Tsanda ferma l'unique fenêtre. La première réaction arriva de Ghélongo :

— J'ai vécu des expériences étonnantes, mais ce *voyage* sous l'eau est fabuleux. C'est comme si nous étions devenues des personnages de légende.

— Et pourtant, ces bagues sont bien réelles, elles représentent un démenti formel au sens que nous donnons à la vie et à la mort !

En les regardant mieux, les demoiselles comprirent qu'elles n'étaient pas faites d'un métal connu. Une *vie* diffuse semblait les animer.

— Ce n'est pas un métal d'origine terrestre !

— Tu as parfaitement raison, Ghélongo. La couleur dorée est un leurre.

— De toute manière, quelle que soit leur origine, l'essentiel est qu'elles nous dispensent des ennuis de ce monde.

Tsanda se leva du lit où elles étaient assises et alluma la lampe. De retour auprès de Ghélongo, elle lui dit :

— Je te comprends mieux à présent.

— Sois plus précise.

— Ce mystère qui t'entoure trouve son explication dans les mots de Mughési. Tu viens *d'ailleurs*. En étais-tu consciente ?

— Le discours de cette Dame est pour moi une révélation.

— Vraiment ? Ne me cache rien !

— Nous sommes véritablement ensemble, je ne puis te mentir. Et puis, sais-tu d'où tu viens ? Après ce que nous avons vécu ce jour, j'ai la confirmation que nous sommes tous des étrangers ici-bas. Ta grand-mère par exemple, la savais-tu capable de telles fréquentations ?

Tsanda lui donna raison. Elle se sentait fière d'avoir le sang de Diongo dans les veines. Et dire qu'elle avait passé toutes ces années dans l'ignorance ! Elle remercia vivement son amie.

— Pourquoi me remercies-tu ?

— Je t'ai rencontrée et tout s'est déclenché. Si je ne t'avais pas avec moi, je ne serais pas revenue auprès de ma grand-mère. Au téléphone je lui avais dit que je ne vivais plus avec sa fille, mais avec toi. Je lui ai si bien parlé de toi qu'elle voulait absolument te connaître.

— Ce n'est pas moi que tu dois remercier, mais la destinée, qui est une œuvre de Dieu. C'est ainsi qu'il agit. Passant par certaines personnes, le Seigneur te pousse vers le Chemin.

Leur conversation fut interrompue par des coups frappés à la porte. C'était Denge qui venait prendre de leurs nouvelles. Outre la vieille veste qui renforçait son air de gardien d'héritage, il portait un pagne attaché autour des reins.

— Vous êtes sorties très tôt ce matin, dit-il, je viens vous saluer.

— C'est très gentil, grand-oncle ! Assieds-toi donc avec nous.

Ainsi parla Ghélongo. L'homme ne se fit pas prier et s'installa sur l'unique chaise de la chambre. De ses vêtements émanait le parfum des bois. C'était la saison sèche, celle des travaux champêtres.

— Où étiez-vous ce matin avec votre grand-mère ? Elle est sortie sans m'avoir laissé mon casse-croûte !

Ayant intégré le discours de la vieille Diongo, les deux amies, sans aucune concertation, décidèrent de mentir. Nièmbè était un rite réservé aux femmes, Denge ne devait pas en connaître les secrets. Tsanda dit :

— Nous sommes allées reconnaître, parmi deux ou trois marigots, celui qui a suffisamment perdu ses eaux en ce début de saison sèche.

— Oui, renchérit Ghélongo, grand-mère veut nous apprendre à pêcher.

— Je voudrais bien voir si mes femmes savent pêcher ! ironisa-t-il.

— Dans un jour ou deux, tu mangeras du poisson.

Tsanda le dit avec une telle assurance que l'homme la crut. C'est en cet instant que la porte s'ouvrit. La nuit était tombée et Diongo venait chercher ses petites-filles pour le souper. Une fois dans la cuisine, loin de Denge, elle leur demanda :

— De quoi parliez-vous avec votre grand-oncle ?

Ghélongo lui fit le compte-rendu de l'entretien. La vieille dame demanda :

— Pourquoi avez-vous menti ?

— Les affaires des femmes ne regardent que les femmes.

— Vous avez eu raison de mentir. Les hommes ont leur rite dont ils gardent jalousement le secret. Sous la cascade ils ont leur couloir et leur roi dont ils suivent les recommandations. Tous ces rites ont pour but la connaissance, l'amour pour un équilibre social harmonieux. Cependant, chacun d'eux, en fonction du sexe, a des règles distinctives.

Elles commencèrent à manger. La nuit s'installait lentement sur le village. En bonne nima, Diongo observait tour à tour les deux amies. L'humilité et la discrétion étaient leurs communs atouts.

— Je suis obligée, dit-elle, de nous organiser une partie de pêche. Votre grand-oncle vous a jeté un défi que vous êtes obligées de relever. Vous donnerez ainsi foi à votre noble mensonge.

— Merci grand-mère ! dit Ghélongo.

— C'est pour quand ? demanda Tsanda.

— Nous sommes encore ensemble pour un mois. Mangez votre nourriture et ne pensez plus à rien.

Elles étaient si contentes d'obéir que le souper se déroula dans la joie. Le lendemain les trouva encore toutes radieuses. Dans cette allégresse, elles ne virent pas les jours passer. Au bout d'une semaine d'extase, Diongo les entraîna à la plantation déterrer l'igname. Chacune d'elles portait un panier. Les pluies étaient devenues rares, le sol avait durci sur ce terrain en pente. Avec la grand-mère, elles avançaient accroupies, machette à la main. Leurs oreilles suivaient les explications de la vieille.

— Faites attention, dit-elle, choisissez les tendres !

Sur cette pente forestière passait une bise rafraichissante qui calmait la chaleur. Tsanda et

Ghelongo évoluaient derrière la grand-mère. Elle dit encore :

— Le puvi appelle l'igname *imba*. Sa racine est riche et constitue, avec le manioc, un des aliments de base dans la région. Elle se mange le plus souvent avec l'huile de palme. Servez-en à votre futur époux, les mâles en raffolent.

— Y compris ceux d'une autre ethnie ? demanda Tsanda.

— Dans ce pays, les habitudes alimentaires sont partout les mêmes.

Un peu plus tard, les trois paniers étaient remplis. Elles descendirent au marigot qui coulait au bout de la pente. Diongo y avait aménagé un endroit où elle trempait les tubercules de manioc. Elles versèrent le contenu des paniers sur la berge. Le sol de la plantation avait séché, mais l'igname était recouverte de terre.

— Ce n'est pas profond, dit la vieille, descendons rincer l'igname.

— Ce marigot doit être poissonneux, dit Ghélongo, est-ce ici que nous viendrons pêcher ?

— Si vous voulez relever le défi du grand-oncle, ce n'est pas ici qu'il faut venir. Le menu fretin n'a aucun intérêt à ses yeux. Nous irons avec nos nasses barrer un cours d'eau plus important.

Absorbées par le nettoyage, elles ne parlaient plus. Une dizaine de minutes après, Diongo leur demanda :

— Vous voici devenues des femmes, avez-vous des petits amis ?

Les deux demoiselles éclatèrent de rire.

— Je suis sérieuse, pourquoi riez-vous ?

Comme elles étaient courbées sur l'eau, toutes deux se redressèrent.

— Des petits amis, pour en faire quoi ?

— Tsanda, vous êtes appelées à devenir mères. Avec qui ferez-vous des enfants si vous ne pensez pas dès maintenant à vous trouver chacune un petit ami, qui deviendrait, avec le temps un mari ? La beauté et la jeunesse ne sont pas éternelles, mes petites-filles !

— Mais comment trouver un garçon sérieux dans ce pays ? demanda Ghélongo. Tous ne sont pas…

— Dignes de vous ? coupa Diongo. Il est vrai que cette génération a perdu les repères. Notre époque avait encore le jugement. Je ne vous pousse pas vers le premier venu. Quand un homme vous approche, ne l'insultez pas, regardez comment il parle. Dans les mots qu'il prononce, dans sa manière de marcher, se trouve son identité.

— Nous avouons que jusqu'ici nous avons ignoré ces détails.

Tsanda le dit en fixant son amie, comme pour donner raison à la vieille. Le retour au village se fit dans une profonde attention. Les filles qui pour une raison ou pour une autre, avaient écarté tout commerce sentimental avec le sexe opposé, commençaient à y réfléchir.

Des jours passaient, la fraîcheur de la saison s'intensifiait. La rosée matinale glaçait les jambes des paysans qui entraient en brousse. Ida, la vieille chienne de la grand-mère, ne s'éloignait plus du feu de bois. Ce matin encore le brouillard avait déposé une rosée glaciale. Ghélongo s'étira et ouvrit les yeux. Bave aux commissures des lèvres et morve aux narines, Tsanda ronflait. Elle l'appela, rien ! Elle la bouscula par l'épaule et elle ouvrit les yeux à son tour. Il y avait dans un coin de la chambre un espace aménagé à usage de douche. Après avoir chauffé deux seaux d'eau, elles se dévêtirent entièrement.

— Ton mari sera ébloui par tes formes, dit Tsanda.

— Tu n'es pas mal non plus !

— As-tu oublié que Mbinda nous a traitées de sorcières jumelles ?

— Non, bien sûr !

Effectivement, frêles et vacillantes, elles étaient bâties pareillement.

— Maintenant que nous habitons ensemble, que dirait-il ?

La question de Ghélongo fit sourire Tsanda, qui rétorqua :

— Que nous sommes des homosexuelles ! Mbinda est, comme tous nos camarades de classe, d'une indécence caractérisée par une volonté de nuire.

Elles étaient en train de se frotter mutuellement le dos. La réplique de Tsanda était si pertinente que son amie en fut ébranlée. Le conseil que leur avait donné Diongo était d'une évidence très sérieuse. Il fallait à chacune d'elle un petit ami au risque de donner foi à de vils propos. Le vouloir était aisé, mais le trouver était difficile. Elle en fit part à Tsanda, qui lui répondit :

— Je partage ton idée et je souscris aussi à ton appréhension. Nous n'avons plus qu'à demander au ciel de nous envoyer un fiancé.

— Les voies du ciel étant par essence impénétrables, qu'est-ce qui nous dira que tel garçon est son envoyé ? Il est vrai que grand-mère a livré des tuyaux, qu'est ce qui dit qu'un mauvais garçon ne répondra pas à ces critères ?

Tsanda ne sut quoi dire, et les questions soulevées restèrent sans suite. Elles s'habillèrent et sortirent déjeuner. Elles trouvèrent Diongo devant la cuisine en train de réparer la nasse dont un côté était abîmé.

— Dépêchez-vous, nous allons en brousse.

— Mamie, répondit Tsanda, il fallait nous informer la veille.

— Il ne m'était pas possible de vous le dire, car la rivière a des oreilles. La nuit, celles-ci sont encore plus larges et captivent ce qui est susceptible de ruiner ses nombreux trésors, dont le poisson.

— Nous allons vite déjeuner, mamie.

Ghélongo prit son amie par le bras et elles entrèrent dans la cuisine. Ida, qui se réchauffait près du feu, vint se frotter contre les pieds de Tsanda.

— Bonjour Ida !

Pendant qu'elle se léchait une patte, les demoiselles s'activèrent, pressées qu'elles étaient d'aller pêcher. Échauffées par cette idée, elles avaient même oublié la fraîcheur qui sévissait dehors. Une demi-heure plus tard, paniers sur le dos et machettes dans le panier, elles marchaient derrière la grand-mère. Ce n'était pas la même voie qui les avait conduites à la cascade. Celle-ci passait à travers une plaine entièrement brûlée. Les paysans avaient profité de la saison sèche pour y mettre le feu. Elles croisèrent Ghénguinda, une femme du village. Elle s'écarta de l'étroite voie.

— Je te salue Diongo, dit-elle, où emmènes -tu tes petites-filles en ce matin de grande fraîcheur ?

— Voici une semaine que les tubercules sont dans la vase. Elles vont voir comment on fabrique le manioc.

— Elles ont de la volonté. D'autres, à leur âge, ne s'en soucient pas !

Massive et noire comme l'igname dont elle porte le nom, la paysanne continua son chemin. Tsanda demanda à Diongo :

— Pourquoi lui as-tu menti ?

— C'est pour éviter que la malchance, dont elle pourrait être porteuse, nous affecte. Il faut de la vigilance dans chacune de nos entreprises. Satan et ses démons ont des visages de tout le monde.

Elles traversèrent la plaine, s'enfoncèrent dans une forêt secondaire jusqu'au marigot qui avait perdu beaucoup d'eau. De part et d'autre de son lit poussait une végétation encombrée de lianes et de lierre.

— Nous y sommes, dit la vieille.

— Comment allons-nous attraper le poisson ? s'enquit Ghélongo.

— Attends de voir.

Elles descendirent le cours d'eau sur à peu près cinq cents mètres. En cet endroit, sa largeur était rétrécie et il y avait une terre ferme sur la berge.

— Nous allons installer ici le barrage, suivez-moi.

Machette en main, elles entrèrent dans la brousse couper piquets, traverses et lianes. Revenues dans l'eau qui leur arrivait jusqu'aux genoux, elles plantèrent les piquets sur toute sa largeur et y attachèrent les traverses.

— À présent allons chercher la terre ferme sur la berge, elle nous permettra de bâtir un mur assez solide qui retiendra l'eau assez longtemps.

La fraîcheur était telle qu'elles avaient jambes et mains gelées. Mais, passionnées par ce qu'elles faisaient, les deux amies continuaient à obéir. La terre et la boue étaient noires et gluantes, noire et gluante était devenue leur peau. Avant que le pâle soleil n'eût atteint le milieu du ciel, l'ouvrage était achevé.

— Descendons le marigot en inspectant les poches d'eau susceptibles d'abriter le poisson, que nous attraperons avec cette nasse.

— Ces machettes, à quoi vont-elles nous servir ? demanda Ghélongo.

— À trancher la tête du poisson ; toutes les poches d'eau ne sont pas profondes.

Suivant le cours de la petite rivière, Diongo et ses petites-filles attrapèrent beaucoup de poissons, dont silure, carpe, brochet et goujon. Soudain, Tsanda sortit du marigot en hurlant :

— Mamie, un serpent !

— Où le vois-tu ?

— Là-bas, sous ce bois !

Un rapide coup d'œil suffit à la grand-mère de reconnaître l'anguille. Rapide comme une vieille dame à l'expérience avérée, elle lui trancha la tête avec sa machette aiguisée. Portée sur la berge, l'anguille suscita chez les filles beaucoup de questions.

— C'est une grosse anguille, mais non un serpent, rassura la grand-mère.

Elle était remarquable à sa forme très allongée, à sa peau visqueuse et glissante, à ses nageoires caudales, anales et dorsales continues.

— Est-elle venimeuse ?

— Non Ghélongo, mais sa morsure est redoutable.

— Est-elle comestible ?

— Oui Tsanda ! Avec ce gros silure, le défi du grand-oncle est relevé.

— Waouh ! crièrent ensemble les jeunes femmes.

Elles en étaient là quand de l'amont arriva l'eau que le barrage ne pouvait plus contenir. Les deux jeunes amies, prétextant la fraîcheur de ce temps de saison sèche, refusèrent de suivre le conseil de la grand-mère en refusant de se laver. Mais la réalité était ailleurs ! Le poisson ne suffisant plus, Ghélongo et Tsanda voulaient que Denge les vît ainsi couvertes de la marque de la pêche. Le retour au village se fit dans la joie. Quand elles y arrivèrent, la première chose qu'elles firent était de se rendre dans la case du grand-oncle. Il les vit avec leur panier à poisson et leur corps recouvert de la boue du marigot.

— Mes femmes ! hurla-t-il avec grande fierté.

— Voici le produit de notre pêche, homme ! dirent-elles d'une seule voix.

Elles exhibèrent, entres autres, le gros silure et la grosse anguille.

— Alors-là, vous m'avez mérité !

Il les serra dans ses bras, comme ça, avec la boue au corps. Et la boue laissa sur ses bras et vêtements beaucoup de glaise. Debout sur le seuil, Diongo souriait, heureuse et fière devant la joie des petites-filles. La nuit ne tarda pas à tomber. C'était l'une des meilleures pour les deux jeunes femmes. Quand, à la fin de leur séjour elles partirent de Mughombo, le souvenir qu'elles gardèrent de ce mois de vacances était assurément inoubliable.

X

En ce dernier samedi d'octobre, alors que les cours avaient repris depuis quelque temps, Tsanda et Ghélongo se retrouvèrent chez Tsinga qui les avait invitées. Après l'apéritif, elles passèrent à la cuisine préparer le repas de midi. Tsanda commença à griller un poulet. Prétextant avoir besoin d'un verre d'eau, l'oncle demanda à sa nièce de le lui apporter. Elle était sur le point de s'exécuter quand il entra retrouver les deux amies. Il vit Ghélongo avec son tablier et se souvint du cours de pédagogie de l'année passée… À sa connaissance des évangiles s'ajoutait son élégance vestimentaire. Son tablier lui allait bien, comme s'il fût son habit de sortie. Il tomba éperdument sous le charme. Il resta là, immobile, sans voix.

— Tonton, dit Tsanda, j'étais sur le point de te l'apporter !

— Tu es si occupée, laisse-moi me servir.

Ghélongo rinça un verre et le lui tendit. En le prenant, il garda ses doigts, coincés contre le verre. La scène ne dura que quelques secondes. Tsinga ouvrit le réfrigérateur et en sortit une bouteille qu'il n'ouvrit pas. Debout, Ghélongo suivait. Quand elle le vit porter le verre vide à ses lèvres et rendre la bouteille, elle comprit. Il n'était entré dans la cuisine que pour lui transmettre discrètement un message. Et ce message la troublait considérablement. Il avait regagné le salon. Tsanda, qui était toujours occupée à griller le poulet, pensait que l'oncle s'était désaltéré. Le trouble de Ghélongo se transformait en une grande gêne.

Pendant qu'elles étaient en train de cuisiner, Tsinga s'empressa de mettre le couvert sur la terrasse, là où ils avaient pris l'apéritif. La table étant rectangulaire, il installa les deux amies face à face et lui-même au bout. Plus tard, elles arrivèrent avec les plats.

— Ghélongo, je te place à ma droite, et Tsanda sera à ma gauche. Ne vous asseyez pas d'abord, je bénis le repas..

Un agréable courant d'air soufflait de l'océan vers les terres. Ce dernier samedi d'octobre était un jour splendide, la météo n'avait pas menti. C'était une occasion, à travers ce repas, de rendre grâce au Seigneur. Tsinga ferma les yeux et mains jointes à celles des demoiselles, pria :

— Merci Seigneur, pour cette belle journée ! Toi qui es Amour, Bonté et Perfection, bénis cette table et tes enfants debout devant toi, éclaire nos cœurs et remplis-nous de discernement ! Ainsi ai-je prié au nom de Jésus.

— Amen ! dirent-elles en chœur.

C'est alors que l'anneau de Ghélongo *injecta* à son doigt un fourmillement agréable, une douce démangeaison qui dura à peine trois minutes. C'était la première fois que cela lui arrivait, mais elle n'y accorda pas une grande importance, ne maîtrisant pas encore la *vie* de cette bague d'origine mystérieuse. Pendant le repas ils parlèrent de tout et de rien.

— Comment as-tu trouvé mon village? demanda Tsinga à Ghélongo.

— Très beau, j'y ai passé un inoubliable séjour.

Elle jeta un coup d'œil complice à Tsanda, assise en face. Comme si la présence de la jeune femme à ses côtés le domptait, Tsinga n'ajouta plus rien. C'est elle qui poursuivit la conversation sur la question.

— Ton père, quel homme agréable!

— Il m'a élevé avec amour certes, mais sa grande rigueur m'a rendu moins hardi! J'avais sept ans quand il a perdu sa femme. Il ne s'est plus remarié et j'avais l'impression, en grandissant, qu'il me le faisait payer.

— Sa rigueur se justifiait, comme se justifiait son refus d'une autre femme. Tu as fait de bonnes études, c'était cela, son projet!

— Justement, c'est ce projet qui a ruiné ses sentiments.

— Les sentiments de ton père, il ne les avait que pour sa femme et toi, le fruit de leur amour. Tu devrais être fier de l'avoir pour père!

Tacitement, Tsinga apprécia la justesse de son analyse. Son envie de l'avoir pour compagne devenait encore plus sérieuse. La seule entrave, c'était son amitié avec sa nièce. Il craignait qu'elle mît cela en avant. De son côté, Ghélongo voyait en lui un homme réservé, digne. Son sens de la justice et sa foi en Christ en faisait un bon mari. La grande gêne était sa parenté avec Tsanda. Le séjour qu'elle venait de passer à Mughombo compliquait encore plus la question. Son éducation ne lui permettait pas de salir sa réputation. Elle décida de se faire violence en fermant ses sens à *l'appel* discret de tout à l'heure.

Le repas continua dans ce climat où Tsinga et Ghélongo, chacun en son cœur, était perturbé. Et Tsanda, qui n'avait rien remarqué, était contente que son amie fût acceptée par tous les membres de sa famille. Elle voyait en son oncle un protecteur de qualité, dans la ville comme à l'École.

Le lendemain matin, sur proposition de Ghélongo, les deux amies se rendirent chez Nima, le bout de femme bossue qui habitait la cabane aux plantes. Comme lors de la dernière visite, elles la trouvèrent sur le seuil, assise le dos contre le jour montant, face tournée vers l'intérieur de la case. Elle ne leur laissa pas le temps de souffler et leur parla sans se retourner :

— Je vous attendais. Demandez-moi ce que vous ignorez, et je vous instruirai. Faites vite, le temps ne nous appartient pas.

Les bruits de la ville, les sons et les klaxons, d'ici, s'entendaient à peine.

— Oui, nous avons des questions. Sur le chemin du village de Tsanda nous avons assisté à une scène incroyable : une femelle buffle mettait bas sur la voie, de chaque côté du chemin le troupeau attendait dans l'anxiété ; quelques instants plus tard, un long mugissement de buffles accueillit la naissance…

La réponse de l'Initiatrice arriva, claire et précise :

— Ces buffles sont d'anciens humains très évolués. Ils ont suscité la jalousie d'une cité voisine. Ceux-ci ont pris attache avec un puissant sorcier dont les incantations ont entraîné leur régression. Il y a de cela très longtemps.

— Comment Dieu a-t-il pu rendre cela possible ? demanda Tsanda.

— Dieu est juste et parfait. Si les évolués ont été transformés en troupeau de buffles, ceux de la cité rivale sont devenus l'herbe de la plaine qui sert de nourriture aux buffles. Cela durera encore quelques siècles avant que les choses redeviennent comme avant.

Elles étaient satisfaites, car la tradition disait presque la même chose. Ghélongo dit encore :

— Au village, grand-mère Diongo nous a emmenées rencontrer Mughési. Comme toi, ces deux dames nous fascinent. Qui sont-elles ?

— Diongo est une ancienne bandzi devenue nima au décès de son initiatrice. Quant à Mughési, elle est dans l'eau ce que je suis ici sur terre. Son jumeau encadre les mâles. Tous les trois, nous sommes reliés directement à Dieu, le Maître de la Création.

Entendant cela, Tsanda dans son cœur célébra davantage la mère de sa mère.

— Ghélongo demanda encore :

— Mughési a remis à chacune de nous un anneau, que nous avons ici sur l'annulaire gauche. Nous voulons connaître…

— Cet anneau est la concentration de l'extraordinaire énergie des plantes, trancha l'Initiatrice. De conception astrale, les plantes sont la vie et doivent être prises comme telles. L'anneau à votre doigt vit comme n'importe quelle autre créature. Si vous avez le discernement, vous comprendrez facilement son langage. En vous l'offrant, Mughési vous a fait confiance, prenez-en grand soin.

Nima se leva et, sans se retourner, entra dans sa cabane. Ghélongo et Tsanda reprirent le chemin de la ville. Le soleil trônait au zénith. Elles marchaient en silence, mais leurs pensées étaient intenses autour des bagues. Elles les avaient jusqu'ici considérées comme de simples bijoux, extraordinaires certes, mais sans plus. Elles ne les imaginaient pas vivantes ! Sorties du sentier, les deux amies marchèrent jusqu'à l'abribus. Parmi ceux qui attendaient, il y avait Yanza, leur camarade de la section C.

— Bonjour, mesdemoiselles ! dit-il.

— Bonjour, répondirent-elles.

Si Ghélongo ne le reconnut pas, la voix vibrante du jeune homme ramena Tsanda au grand amphi et au jour de l'affichage des notes.

— Merci pour ta défense, je n'ai pas oublié ! lui dit-elle.

— Mbinda n'a eu que ce qu'il méritait. Avec un tel caractère, il ne méritait pas de devenir enseignant.

Au nom de Mbinda, Ghélongo s'en souvint et s'exclama :

— C'est donc toi qui avais pris notre défense ! Merci beaucoup.

Le bus arriva, et dans la bousculade, le sac à main de Tsanda tomba à ses pieds. Elle se courba, mais plus rapide qu'elle, Yanza l'avait déjà ramassé. Elle tendit sa main gauche pour le reprendre et leurs doigts, dans la précipitation, se touchèrent. Comme une piqûre de fourmi, son anneau *inocula* à son auriculaire un doux chatouillement de quelques minutes seulement. Contrairement à sa camarade, cela l'intrigua fortement, au point où elle pensa s'être blessée. Que nenni, le doigt ne portait aucune brûlure. Elle promit d'en parler avec Ghélongo à la descente. Le bus démarra et elles oublièrent Yanza, debout à l'arrière.

— Et si nous allions chez mes parents ? proposa Tsanda.

— D'accord !

Ils habitaient N'dume, un quartier dont la renommée était liée à un mystérieux serpent noir qui, pendant une décennie, terrorisait les habitants. Il sortait certaines nuits, étouffait quelques volailles et disparaissait. Et puis un jour, à sa propre initiative, il avait disparu sans laisser de trace, en dehors de son nom que portait désormais le quartier.

Elles descendirent une demi-heure plus tard et trouvèrent M. et Mme Ghédimo à table. Minou reconnut Tsanda et vint lui lécher les pieds. Celle-ci se baissa et le caressa.

— Bon appétit, les parents ! dirent-elles à tour de rôle.

— Bonne arrivée, les enfants ! répondirent-ils d'une même voix.

— Hum, nous arrivons au bon moment ! dit Tsanda en tirant une chaise.

— Imite-la, dit la mère à Ghélongo. Tu es ici chez toi !

Alors qu'elle s'exécutait, la mère partit leur chercher des couverts.

— Maman, comment fais-tu pour cuisiner le poisson salé ? Il n'y a plus le moindre soupçon de sel. Il va falloir que tu me montres ton secret.

— Tsanda, viens avec ton amie, votre maman se fera un grand plaisir de vous dévoiler les recettes culinaires avec lesquelles je maîtrise votre père.

— Papa, tu es un homme gâté, en as-tu conscience ?

— Ta maman n'exagère pas, elle est très bonne cuisinière. Elle a bien d'autres qualités qui m'ont soumis. Venez apprendre d'elle, ainsi vos futurs maris seront comme moi des époux soumis.

La mère ajouta, mélancolique :

— À votre âge et à votre niveau d'études, vous devriez avoir chacune un petit ami ! Mais jusqu'à présent je ne vois personne, pourquoi ? Vous êtes pourtant belles et intelligentes, ça cloche où ?

Entre deux bouchées, le mari dit :

— Certainement qu'elles ont mauvais caractère, aucun garçon n'en voudrait !

Ghélongo leur répondit en ces termes :

— Papa et maman, jusqu'ici les garçons qui nous approchent ne méritent pas notre amitié, encore moins notre amour. Les temps se dégradent au fur et à mesure que s'éloigne votre époque. Nos camarades mâles ne pensent pas à construire un foyer respectable, ils préfèrent passer d'une fille à une autre !

— Oui parents, renchérit Tsanda, aimeriez-vous avoir pour gendres ce type d'hommes ? Nous prenons notre temps, rassurez-vous.

La mère poussa un soupire de désespoir.

— Je vous comprends, mes filles ! Effectivement les époques se dégradent avec les mœurs. Les enfants cherchent à mettre en pratique ce qu'ils regardent à la télé et au lieu d'évoluer, régressent. Soyez simplement patientes, recommencez autant que possible au moindre échec.

Après le repas, les parents rentrèrent se reposer. Les jeunes femmes étaient en train de faire la vaisselle quand Tsanda se souvint de son *malaise* dans le bus. Elle le raconta à sa voisine dans le menu détail. Celle-ci l'assimila à ce qu'elle-même avait vécu avec Tsinga. Elle demanda :

— Comment as-tu senti ce malaise ?

— La piqûre de la bague était agréable.

— Comment expliques-tu ce phénomène ?

Elle hésitait avant de se prononcer. Yanza était un garçon aussi beau que bien éduqué, d'une famille aisée selon les vêtements qu'il portait. Des raisons qui pousseraient une fille vers lui. Comment Ghélongo le prendra-t-elle ? Après avoir longuement hésité, Tsanda répondit en ces termes :

— Nima nous a dit : « Si vous avez le discernement, vous comprendrez facilement son langage ». Avant que ce garçon ne prenne notre parti l'année dernière, j'avais déjà succombé au son de sa voix pendant le cours de Mme Iniva. Ceci peut-il m'avoir influencée ?

— Non, la bague ne ment pas. Elle confirme simplement ce que tu as ressenti. Yanza est un ange dans une foule de mauvais garçons. Par précaution, attendons de lui d'autres signes qui confirmeront qu'il est aussi attiré vers toi.

— Merci, bonne amie !

Et elle l'embrassa avant de baiser son anneau. Ghélongo, dans son cœur, l'envia. Si seulement elle pouvait avoir cette liberté de se confier ! Son appréhension prenant le dessus, elle choisit de refouler cette velléité. Plus tard, quittant la maison familiale, elles passèrent par Egneng-melen. Elles avaient gardé en ce café certains souvenirs qui leur rappelaient le début de leur amitié. Quand elles avaient le temps, elles y venaient boire un jus. Elles s'installèrent à nouveau sur la même terrasse. C'était la fin de la journée, le même océan bleu roulait les mêmes vagues au loin. C'était la même voltige des oiseaux sous le ciel bleu couleur de l'océan.

— Je rajeunis, dit Tsanda en s'asseyant.

— Moi aussi.

Le barman vint prendre la commande.

— Je vous reconnais, dit-il, vous prenez toujours le jus d'orange avec un glaçon, n'est-ce pas ?

— Oui, c'est bien cela ! répondit Tsanda.

— Vous avez une bonne mémoire ! renchérit Ghélongo.

— C'est mon métier.

Bientôt, elles sirotaient leur boisson. Mais voici qu'arriva Yanza, qu'accompagnait un autre garçon. Il les aperçut et vint droit vers elles.

— Décidemment, dit-il, aujourd'hui nos chemins ne font que se croiser ! Vous nous acceptez à votre table, s'il vous plaît ?

— Asseyez-vous, je vous en prie ! s'empressa de répondre Tsanda.

Une fois assis, Yanza présenta son compagnon aux étudiantes. Ensuite, il se tourna vers celles-ci en disant :

— C'est Bidona, un ex-camarade de collège qui est maintenant agent comptable à Poba, l'une des compagnies pétrolières de Mbazambua, la ville minière. Pour sa première permission, il est venu à la capitale.

— Heureuses de te connaître, dirent-elles à tour de rôle.

— Toute la joie est pour moi.

Ils commandèrent deux canettes de bière. Avant l'arrivée de la boisson, Yanza lança à Tsanda un regard porteur de sentiments encore troubles, secrets. Son manque d'expérience sautait aux yeux. Bien qu'éloquent, il lui manquait l'audace des coureurs de jupons. Alors que le cœur de Tsanda battait déjà la chamade et sa raison chavirait. Elle était littéralement déjà soumise. Ghélongo suivait et sentait cette vibration. Elle n'en était qu'heureuse. Le barman arriva avec le plateau de canettes et deux verres.

— À la vôtre ! leur lança-t-elle en soulevant son verre.

— Merci ! répondirent-ils d'une seule voix.

Bidona était un garçon sans attrait véritable et Ghélongo le regardait sans le voir. Quand il lui demanda son contact, elle le lui donna par politesse. Elle aurait pu refuser, mais elle craignait de saboter la belle aventure de Tsanda, qui n'était encore qu'à ses débuts. De son côté, galvanisé par la hardiesse de son camarade, Yanza demanda à son tour le numéro de téléphone de Tsanda.

XI

Sur le mont Tsendè glissaient des nuages bas et lourds dont la couleur sombre prédisait la tempête. C'était novembre, un mois redouté à cause de ses fortes pluies. Par précaution, Ghélongo et Tsanda choisirent de rester à la maison. Les professeurs comprendront. Jusqu'à la 2ème année, elles avaient toujours été des étudiantes régulières. Ce n'est pas en Licence qu'elles prendraient des risques qui compromettraient leur passage en Master.

Au réveil, Ghélongo fit le tour de la maison. Le palmier était devenu tellement vieux qu'il pourrait tomber au moindre souffle. En l'inspectant dans tous ses aspects, elle réalisa que son angoisse venait de son ignorance des végétaux. Différent des autres plantes, le palmier vivait très longtemps. Tsanda arriva dans la précipitation et lui tendit son portable resté sur la table.

— Prends, lui dit-elle, tu as un appel.

Elle décrocha et reconnut la voix de Bidona. C'était son anniversaire et il lui avait promis des fleurs.

— Il y a menace d'orage, nous ne sommes pas allées en cours, oui tu peux les envoyer ce matin.

En raccrochant, elle regarda Tsanda en disant :

— C'était Bidona. Je suis agréablement frappée par l'intérêt qu'il accorde à ma personne. Comme tu le sais, depuis que nous les avons rencontrés, il m'a déjà envoyé deux mandats. Je n'en ai pas besoin, mais cela m'a fait du bien. Aujourd'hui ce sont des fleurs !

— Des fleurs, par quel moyen ?

— Nous attendons de voir !

Elles revinrent dans la maison et s'installèrent pour le petit déjeuner. C'est à ce moment-là que Tsendè libéra ses nuages, et une grosse tornade piétina la capitale pendant au moins une heure. Le téléphona de Ghélongo sonna, à l'autre bout du fil une voix mâle dit :

— C'est Interflora, un magasin qui vend des fleurs.

— Je n'ai pas demandé des fleurs !

— Un client de Mbazambua nous demande de livrer une corbeille de fleurs à mademoiselle Ghélongo, c'est bien vous ?

— Oui, c'est bien moi.

— Vous êtes dans quel quartier ?

— À Beyeme, au niveau de la pompe publique.

— Soyez là dans dix minutes s'il vous plaît !

Accompagnée de Tsanda, elle prit le sentier mouillé et glissant jusqu'à la grande route. La société d'électricité et d'eau avait implanté sur le côté cette pompe qui fonctionnait un jour sur deux.

Depuis la veille elle était en panne et ne laissait rien couler. Des ouvriers la démontaient afin de vérifier le mécanisme. Ils ressemblaient maintenant à des porcs tant leurs vêtements étaient recouverts de boue. Occupées à regarder, les deux demoiselles ne remarquèrent pas l'estafette d'Interflora qui venait de se garer. Le portable de Ghélongo sonna et se retournant, elle l'aperçut et s'en rapprocha.

— Signez ici, s'il vous plaît !

Elle signa. Le mot qui accompagnait les fleurs disait : « À toi qui fais battre mon cœur, joyeux anniversaire ! ». Les roses écarlates étaient dans une grande corbeille en osier.

— Qu'il est galant, ce garçon ! lança Tsanda.

— Galant et généreux ! renchérit sa voisine.

Elles se dépêchèrent de rentrer, car il s'était remis à pleuvoir. Certes moins qu'avant, mais les roses fraîches étaient assez fragiles et risquaient d'être abîmées. Elles forcèrent le pas. Dans une maison voisine vivait une famille dont la fille était de leur génération. À leur passage, celle-ci s'écria :

— Des roses rouges, il y en a qui sont bien nées !

Elles ne répondirent rien et pressées, passèrent leur chemin. Plus tard, Tsanda demanda à son amie :

— Cette fille, c'est qui ?

— Elle s'appelle Obia. À cause d'un problème de terrain, son père et le mien s'étaient disputés. Le tribunal a tranché en faveur de papa. Depuis lors, cette famille nous garde rancune.

— J'ai remarqué qu'elle nous observe souvent.

— Moi aussi ! C'est pour ne pas t'inquiéter que je n'ai pas voulu te le dire.

La pluie avait cessé, elles décidèrent de sortir faire quelques courses à Punga, le plus grand marché d'Iso. En repassant devant la maison de la voisine, elles la trouvèrent assise sous l'auvent. Et, comme une bonne vieille amie, elle les interpela en ces termes :

— Les sœurs, où allez-vous ?

Ghélongo et Tsanda l'ignorèrent et continuèrent leur chemin. Le marché de Punga se trouvait dans une vallée où le vent était souvent violent. On y achetait et on y vendait un peu de tout. Il leur fallait renouveler leurs stocks de nourriture qui s'épuisaient. Passant par des étals divers, elles achetèrent du poisson frais, des légumes, des fruits et de la banane. Elles sortaient maintenant du marché quand quelqu'un les interpela. Tsanda reconnut la voix vibrante de Yanza.

— Tu n'es pas en classe ? lui demanda-t-elle.

— Tu as vu le temps de ce matin ? lui répondit-il.

Par le baiser qu'ils échangèrent, Ghélongo sentit la force de leurs sentiments. Elle réalisait que sa camarade avait trouvé sa voie. Si seulement elle était libre comme elle ! Yanza donna l'accolade à Ghélongo avant de dire :

— Papa et maman sont en voyage depuis avant-hier ; j'ai donné congé au personnel de maison jusqu'à leur retour et je suis venu moi-même au marché.

— Ils reviennent quand, tes parents ? demanda son amie.

— Dans une quarantaine de jours. Si tu es toujours d'accord, je leur parlerai de nous. Mais si tu veux qu'on attende…

— Non, je maintiens ma parole.

Il était midi passé et Yanza demanda de les déposer. Il conduisait une berline bleue de marque Toyota. Seule à l'arrière, Ghélongo pensait à Bidona dont la gentillesse lui faisait oublier Tsinga. Avec le temps, elle lui accordera certainement son cœur !

— Je voudrais profiter de l'absence de mes parents pour vous offrir un verre à la maison. Qu'en pensez-vous ?

Tsanda se retourna vers Ghélongo. Bien que l'envie fût là, elle lui demanda du regard son avis. Celle-ci opina de la tête. Rassurée, la fille de Ghédimo donna à Yanza son accord en ajoutant :

— Ainsi je serai mieux à l'aise le jour où je vais rencontrer tes parents.

Le jeune homme et les siens habitaient un duplex sur le mont Tsendè, où les villas appartenaient aux hommes d'affaires du pays. Par la vue ils dominaient la ville, comme par leur portefeuille tout le pays. Le gardien, qui habitait-là aussi avec sa famille, ouvrit la lourde grille. Il descendit les trois cartons de vivres.

— Suivez-moi, les amies.

Elles lui emboîtèrent le pas. Au rez-de-chaussée, il y avait la cuisine, la salle à manger, le salon et la chambre de Yanza. Ses parents étaient logés à l'étage. Pendant que le gardien rangeait les vivres, il conduisit les filles au salon. La pluie avait rafraîchi le jour et par les fenêtres soufflait un vent frais.

— Que buvez-vous?

— Tu connais notre goût, répondit Tsanda.

— Buvez autre chose que l'éternel jus d'orange, vous aussi!

— Que nous proposes-tu donc? demanda Ghélongo.

— Une liqueur douce.

— Comme quoi?

Il sortit une bouteille de Baileys et dit:

— Baileys Irish Cream est une liqueur à base de whiskey irlandais et de crème. C'est ce qui la rend douce au palais et appréciée des grandes dames, comme vous. Goûtez, et vous m'en direz des nouvelles!

Il sortit trois verres du plateau, y jeta des glaçons qu'il arrosa d'une dose de la fameuse liqueur. Prudente, Tsanda s'empara de la bouteille. Il y était écrit 17 % d'alcool. Elle la redéposa en disant:

— Nous te faisons confiance.

Ils trinquèrent à leur amitié qui se renforçait. Elles comprenaient maintenant pourquoi Mbinda avait attaqué Yanza. Ses parents étaient aisés et lui, contrairement à ses camarades, vivait hors du besoin. Et pourtant, quelle simplicité, quelle gentillesse et quelle humilité!

— Ce domaine est très grand, jusqu'où s'étend-il? demanda Ghélongo.

— Videz vos verres, nous allons le visiter.

Elles ne se firent pas prier… La villa se dressait dans un domaine assez vaste, de la dimension de deux terrains de football. Des ruelles plantées d'arbres fruitiers se croisaient et s'entrecroisaient. Les filles réalisaient aussi que l'argent ne poussait ni à l'arrogance ni au mépris. Ceux qui se comportaient ainsi ne méritaient pas réellement leur fortune, car la vraie fortune vient du cœur. Ce n'étaient que des gens devenus riches « par procuration » en usant de moyens peu orthodoxes. Pour avoir le cœur net, Ghélongo demanda à leur camarade :

— Tu as dit que tes parents sont en voyage ?

— En voyage, mais d'affaires !

— Que font-ils ?

— Ils revendent les tissus importés des Pays-Bas depuis une dizaine d'années. Maman travaillait comme secrétaire dans un magasin de wax hollandais. Mise à la retraite, elle a ouvert son propre commerce de tissus. Au début, c'est son ancien patron qui la ravitaillait. Elle y a associé son mari. Depuis cinq années, ils vont directement acheter leur marchandise aux Pays-Bas.

— Le wax hollandais, vendu aux Pays-Bas ? interrogea Tsanda.

Yanza expliqua :

— Les Pays-Bas et la Hollande sont des termes qui désignent un seul et même pays dont la capitale est Amsterdam.

— Le mot « wax » est donc d'origine hollandaise ?

— Oui, Tsanda ! Et il se traduit en français par le mot « cire ». Une réserve de cire est posée au moyen de deux rouleaux sur lesquels sont gravés les motifs de base, ensuite l'étoffe est trempée dans une teinture à l'indigo.

— Vraiment, tu t'y connais !

— C'est bien normal, Ghélongo, je dois tout au wax !

Ils en rirent tout en sillonnant le domaine et, au bout d'un quart d'heure, en firent le tour complet. La ville en contrebas étalait ses quartiers et ses contradictions quasi éternelles. Ils revinrent au salon. Yanza leur servit une autre dose de Baileys Irish Cream. Ensuite, il les déposa à Beyeme, au niveau de la pompe publique où les mêmes ouvriers étaient toujours confrontés aux mêmes difficultés. Encombrées de sachets, mais l'esprit joyeux, elles empruntèrent le sentier. Obia préparait les beignets de banane devant sa porte. Elle vit les deux amies descendre le sentier et lança :

— Voisines, il y a des beignets chauds et sucrés, c'est gratis !

Comme d'habitude, elles ne réagirent pas à cette interpellation qui sonnait comme une provocation. Mais l'autre, ne l'entendant pas de cette oreille, ajouta :

— Je parie que vous revenez du marché, ses sachets le prouvent. Ce n'est pas une raison de m'afficher un tel mépris. D'accord, je ne suis pas une étudiante comme vous, d'accord, je me suis arrêtée seulement en classe de 5ème ! Mais je suis une jeune et belle femme, c'est cela qui compte aujourd'hui.

Elle avait laissé de griller ses beignets et debout les mains aux hanches, vers les deux amies qui passaient, asséna :

— Un jour, je vous le prouverai !

Sans accorder une moindre importance à ces paroles folles, Ghélongo sortit la clé et ouvrit le portillon. Le jour avait considérablement décliné et il était plus de 15 heures. C'était à Tsanda de faire la cuisine. Assise à la regarder s'affairer, Ghélongo revint sur leur visite chez Yanza en disant :

— La maman de ton futur fiancé a un très bon cœur.

— Certainement ! Mais à quoi le vois-tu ?

— Elle n'a pas hésité à intégrer son mari dans son marché de pagne, et aujourd'hui les voici riches ensemble.

Pour s'occuper, elle se leva, sortit l'oignon et l'ail des sachets. Elles avaient pour habitude de les conserver hachés dans des bocaux. Après les avoir nettoyés, elle sortit le Moulinex de sa boîte. Elle dit encore :

— Assurément, Yanza est un garçon réservé et instruit. Son épouse devra l'être aussi pour que le couple soit à l'image des parents de l'époux.

— Je te le jure, nous le serons !

— Je le désire vivement !

Ghélongo était contente de sa détermination. Elle commença par hacher l'oignon. Tsanda ajouta :

— En dehors de l'enseignement qui nous prendra assez de temps pour très peu d'argent, mon mari et moi aurons forcément besoin d'une autre source de revenus. Pourquoi pas un commerce?

– De quel ordre?

— L'avenir nous le dira, il est encore trop tôt pour décider.

Elle dit, puis referma la casserole qui commençait à bouillir. Tsanda rayonnait, contrairement à Ghélongo dont l'avenir sentimental n'était pas encore clair. Curieuse et très attentionnée, Tsanda demanda :

— Comment avait réagi l'anneau vis-à-vis de Bidona?

— Rien du tout!

— Vas-tu lui accorder ton cœur, juste parce qu'il est galant?

La question avait son importance. Devra-t-elle lui dire la vérité et perdre la confiance de toute sa famille? Elle finit par dire :

— En attendant la réaction de l'anneau, devrais-je rester de marbre devant tant d'attention, au risque d'être une égoïste? Non, je n'ai pas envie de me faire passer pour une jeune femme méchante.

— Oui, tu as raison. Nous ignorons comment cette bague fonctionne réellement. Peut-être que pour certains cas, l'anneau a besoin d'assez de temps.

Ghélongo souffla. Mais pour combien de temps? Elle sortit l'oignon et le remplaça par l'ail. Des larmes coulèrent qui n'étaient pas seulement celles de l'effet de l'ail. Les gestes étaient lents et bas le moral.

XII

Il était vendredi après-midi quand les deux amies entrèrent dans la Banque de Dépôt. Le gestionnaire demanda respectueusement à Ghélongo d'attendre dans la salle réservée aux V.I.P. Tsanda était surprise devant tant d'égard. Jusqu'ici, elle ignorait que son amie avait un compte dans ce prestigieux établissement. Quelque temps après, le même agent revint et dit :

— Venez, je vous en prie !

Alors qu'elle se levait, il ajouta :

— Aviez-vous voyagé ? Cela fait très longtemps !

Ignorant la remarque, elle demanda à Tsanda de la suivre. Elles entrèrent dans le bureau du gestionnaire.

— Je vous ai préparé ces papiers que vous lirez à tête reposée. Notre banque lance un nouveau produit, si cela vous intéresse, remplissez-les.

— Merci ! Je viens retirer 1 000 000 francs, en petites coupures s'il vous plaît !

— Tout de suite, mademoiselle !

Il forma un numéro et au bout de quelques minutes, une employée apporta une enveloppe kaki. Il l'ouvrit et compta des billets flambants neufs.

— C'est bon, et voici le solde.

Il lui remit un bout de papier sur lequel il y avait des chiffres et plusieurs zéros derrière. Ghélongo y jeta à peine le regard.

— Au revoir, M. le gestionnaire.

— À la prochaine, mademoiselle !

Un taxi les déposa à Beyeme, leur quartier de résidence. Curieusement, Obia n'était pas devant sa maison pour les cueillir au passage. De toute manière, elles savaient depuis comment réagir. Contre ses provocations, le silence était la meilleure solution. À la maison, Tsanda demanda :

— Tu mènes une existence d'étudiante, alors que tu es millionnaire ! Comment as-tu fait pour amasser une telle fortune ?

— Cet argent me vient des frais d'assurance. Cette fortune est le sang des miens, je ne dois pas m'en réjouir. Si tout à l'heure le gestionnaire était surpris de me revoir, c'est parce que j'évite même de fréquenter cet endroit.

Elle sortit l'argent du sac.

— Je vais te donner de l'argent, je ne te le prête pas. Invite Yanza en boîte, au restaurant… Marque le coup avec beaucoup d'élégance. Renouvelle ta garde-robe aussi. Quel que soit son amour pour toi, il ne pourra te respecter que si tu affiches une aisance financière. Ses parents ne doivent pas s'imaginer que si tu es autant attachée à leur fils, c'est pour leur fortune.

Elle retira trois cent mille francs du million et lui donna le reste. Tsanda était sans voix. Elle aurait pu refuser par fierté, mais l'intention de l'autre était si franche que le faire eût été maladroit. Car elle avait compris que c'était pour elle que son amie avait été faire ce retrait.

— Tu es la sœur que je n'ai pas eue de mes parents !

Elle lui fit une très longue accolade, puis décrocha son téléphone.

— C'est la fête des pères, n'est-ce pas ? demanda-t-elle à Yanza.

— Oui, belle amie !

— Si tu es libre ce soir, viens me prendre à 21 heures. J'honorerai avec la manière le futur père de mes enfants.

— Si je ne suis pas libre pour nous, pour qui d'autre le serais-je ! Entendu, belle amie, je serai à l'heure.

Elle raccrocha et dit à Ghélongo :

— Je vais dépenser les yeux fermés cent mille francs ce soir, je vais lui en mettre plein la vue. Tout est en ton honneur, car de mes parents je n'aurai pas eu une telle somme. Quand je m'admettais en Master 1, ils ne m'ont rien donné sinon de simples félicitations. Ma garde-robe est effectivement à renouveler.

— Tout ce que je fais pour toi, je le fais pour moi. Considère que nous sommes un seul esprit et un seul corps. Si tu ne l'as pas encore compris, pense seulement aux différents *secrets* qui nous relient.

Telle une gamine, Tsanda approuva par un mouvement de la tête. Ghélongo vit soudain ses yeux larmoyer. Et, dans cet état, elle murmura :

— Je ne t'ai jamais parlé de l'accueil que les parents de Yanza me réservent, à chaque fois que je suis dans leur maison. S'il est vrai que leur gentillesse n'est pas feinte, mais dans leur regard il y a de la compassion. Sa mère a souvent les yeux rivés sur mes vêtements et mes chaussures…

— Viens dans mes bras ! À partir de maintenant son regard va changer. J'espère seulement que leur fils leur dira, après la sortie, que c'est toi qui l'as organisée et financée !

Dans les bras de Ghélongo, Tsanda sécha ses larmes. Vint l'heure du rendez-vous. Yanza y était déjà quand elle arriva.

— Où m'emmènes-tu ? demanda-t-il en l'embrassant.

— Là où tu veux, c'est ta soirée, même si c'est moi qui te l'offre !

Il démarra et la voiture traversa la ville. Il y avait sur la route du sud, au PK 12, une boîte de nuit que de nombreux jeunes fréquentaient. À proximité de celle-ci, il y avait un restaurant qui cuisinait d'excellents repas. Tsanda découvrait ! Et elle trouva que c'était un excellent endroit. De toute manière, elle s'y était bien préparée financièrement.

— Allons d'abord manger, dit-elle.

— Comme si je le savais, j'ai repoussé le plat que maman m'a proposé !

Le restaurant appartenait à Wang. Très ancien dans le pays, cet habitant de Shanghai maîtrisait parfaitement la cuisine locale. Le menu présenté était diversifié. Curieux comme des étudiants, ils commandèrent chacun un plat chinois. Elle hésita entre le poulet du général Tsao et les rouleaux de printemps aux crevettes. Finalement elle opta pour le premier. Yanza, lui, commanda un sauté de porc à l'aigre doux.

— Je vais te faire une proposition, dit Tsanda à son compagnon.

— Laquelle ?

— Donne-moi un peu de ton plat, et je te donnerai un peu du mien.

— C'est une bonne idée !

Alors qu'ils mangeaient en amoureux, une demoiselle vint s'installer sur la table voisine. Cheveux défaits, elle respirait comme après un sprint de cent mètres. À sa demande, on lui apporta un verre d'eau. Elle ne l'avait pas encore porté aux lèvres qu'entra précipitamment une femme assez mûre. Il n'y avait pas grand monde dans la salle. Au premier regard elle reconnut la demoiselle aux cheveux défaits et vint s'asseoir avec elle. Même si elle s'efforçait de se maîtriser, ses mains tremblaient. Dès qu'elle fût assise, elle dit :

— Toi, ma presque fille, pourquoi ?

— Il m'a menacée !

— Avec son sexe tendu dans la main ?

Yanza et Tsanda arrêtèrent de manger pour suivre. La demoiselle baissa le regard. Elle ne pouvait pas nier. Au moment où elle prenait le sexe de l'homme pour le mettre entre ses jambes, l'aînée apparut sur le seuil dont la porte n'était que rabattue. Ils étaient persuadés qu'elle avait voyagé, alors que ce n'était qu'une ruse ! Informée depuis trois jours par la ménagère, elle avait feint de partir en province pour le weekend. Pris en flagrant délit, les tricheurs étaient tétanisés. Devant la scène, la dame s'était figée sur le seuil et la cadette en avait profité pour s'enfuir.

Aussi durs qu'ils fussent, ces échanges se déroulaient sur un ton normal, comme si elles débattaient d'un sujet décent ! Avaient-elles délibérément choisi de ne pas attirer l'attention des clients ? En se réfugiant dans ce lieu public, l'indélicate ne cherchait-elle pas désespérément une protection ?

— As-tu oublié que c'est lui qui, à la suite de la disparition de nos parents, t'a élevée comme sa propre fille, et que tu l'appelles papa ? Dis-moi, depuis quand baisez-vous sous mon toit, sur ce lit qui t'a servi de berceau ?

— Depuis l'âge de 14 ans…

— Tu as 21 ans. Cela fait donc sept ans que tu prends du plaisir avec mon mari, sous mes yeux ! Et moi, tous les jours, je ne vois rien, je ne sens rien !

Elle se courba sur la table, la tête entre les mains. Tout son corps tremblait d'une colère qu'elle essayait de maîtriser, mais en vain. Elle pensait à leurs parents décédés, à ce serment qu'elle avait fait de veiller sur sa cadette quoi qu'il arrive !

— Ce n'est pas de ta faute, mais celle de mon mari. Rentrons à la maison !

Elle prit sa cadette par le bras et, comme si de rien n'était, elles gagnèrent la sortie. Il fallait la voir marcher derrière l'aînée, on eût dit une chienne mouillée.

— Ça alors, quelle affaire ! lança Yanza.

— Cette femme est courageuse.

— Non, plutôt responsable. La cadette est son produit.

— Comment ?

Il ne répondit pas tout de suite. Le repas refroidissant, il lui fit signe de manger. Tsanda obéit, mais ses pensées ne pouvaient pas se détacher de ce drame. Son petit ami s'en aperçut.

— Allons, n'y pense pas trop !

— Dis-moi, comment l'aînée serait-elle responsable des actions posées par sa cadette ? Ce n'est quand même pas elle qui l'a poussée vers son mari !

— D'une certaine manière, si.

— Explique-moi.

— L'éducation qu'elle a donnée à sa fille manque un élément important. Il ne suffit pas de nourrir un enfant, de l'habiller, de lui apprendre à lire et à écrire. La morale est importante, car elle est le premier levier de la pédagogie.

Il prit la bouteille de vin et lui remplit le verre à moitié. C'était une manière de lui dire de continuer à manger. Wang se rapprocha d'eux et demanda :

— Vous ne manquez de rien ?

— Non, merci ! lui répondit Tsanda.

L'homme de Shanghai arbora son éternel sourire et s'éloigna entre les tables. La salle se remplissait lentement. Yanza dit encore à sa petite amie :

— La morale a pour synonyme la vertu. Si cette dame avait associé la vertu à son éducation, sa cadette aurait pu, avec la manière, rejeter les avances de son « père », et tout cela ne serait pas arrivé.

— Voudrais-tu dire que cet homme n'a aucune morale, qu'il n'est pas vertueux ? Car après tout, c'est lui le plus à condamner. Quand un adulte couche avec une mineure de 14 ans, avec ou sans son accord, qu'est-ce que c'est ? Un viol ! C'est ainsi que la loi juge ce type d'attitude. D'ailleurs la dame l'a compris aussi, en disant : « Ce n'est pas de ta faute, mais celle de mon mari. »

— Je suis d'accord avec toi. Cela n'enlève pas ce que je dis. La faute est entièrement à la dame. Elle paie les conséquences de son éducation limitée.

— Ce qu'elle va faire à son mari ce soir, je voudrais bien le savoir !

— Si tu étais à sa place, que lui ferais-tu ?

— Tu tiens vraiment à le savoir ?

— Allez, vas-y, que lui ferais-tu ?

— Mais je ne suis pas à sa place, et mon futur mari non plus ne sera pas à la place du sien. N'est-ce pas ?

— Loin de moi pareilles mœurs !

Le reste du repas se déroula comme Tsanda et Ghélongo l'avait voulu. À la suite des plats de résistance, et à leur demande, on apporta la carte de desserts.

— On fait comme avec les plats ? proposa Tsanda.

— D'accord !

Elle choisit le sorbet aux litchis et au gingembre, et lui le flan à la fleur de rose. Quelques instants plus tard, quand elle sortit l'argent pour régler la note, elle croisa le regard de Yanza. Elle eut la conviction qu'il la considérait maintenant mieux que par le passé. C'est à ce moment-là qu'elle comprit la valeur de l'argent et son pouvoir sur les esprits.

La nuit était totale quand ils sortirent du restaurant pour la boîte de nuit. Les ampoules multicolores de l'intérieur et la musique les accueillirent depuis le seuil. Une demoiselle les mena à l'une des rares tables encore libres. Ils commandèrent deux consommations Baileys Irish Cream, qu'on leur apporta aussitôt. Le disc Jockey venait de passer *When a man loves a woman*.

— Accorde-moi cette danse, veux-tu ?

— Je te préviens, je viens en boîte pour la première fois.

— Tu n'auras qu'à suivre mes pas.

Il lui prit la main et les voici sur la piste. Collée à son cavalier et bercée par la voix suave du chanteur, Tsanda se laissa emporter jusqu'à ne plus sentir ses pieds. Cette voix, qui s'accordait à son âme, l'inspirait tellement qu'elle s'entendit murmurer à l'oreille de Yanza :

— Connais-tu celui qui chante ?

— Percy Sledge, un Afro-Américain.

— C'est un slow ?

— Plus exactement, c'est un soul.

Il l'avait si bien enveloppée qu'elle s'oublia. C'était la première fois qu'elle se retrouvait sur une piste de danse, c'était la première fois qu'un garçon la tenait dans ses bras, si étroitement. Elle sentait et respirait son souffle et tous ses effluves. À cause de la timidité de son petit ami, qui ne se limitait qu'à de simples bisous sur la bouche, jamais cela n'était arrivé. Comme elle avait les yeux fermés, elle les rouvrit et demanda :

— Et le soul, c'est quoi ?

— C'est une musique populaire afro-américaine des années 1950. Elle dérive du gospel et du blues.

Elle referma les yeux et s'enivra davantage des effluves de ce garçon qui était aussi bon danseur qu'excellent en culture générale. Au fur et à mesure que passait la chanson, Tsanda poursuivait son *voyage* intérieur. Celui-ci fut interrompu par le murmure à son ouïe :

— As-tu entendu parler du gospel ?

— Oui, mais vaguement.

— C'est un genre de musique chrétienne. Il s'est développé en même temps que le blues primitif. Gospel vient du vieil anglais *godspell*, et signifie « évangile ». Il a un lien étroit avec le Nouveau Testament.

— Voilà pourquoi les clips de ce type tournent autour de ce thème. Mais, quel rapport avec la condition des Noirs?

— Le Nouveau Testament rompt avec l'Ancien Testament parce qu'il symbolise une nouvelle naissance, une résurrection de la grâce qui libère. Les Afro-américains y voient un lien avec l'émancipation des esclaves.

Autour d'eux se mouvaient d'autres couples. C'est à ce moment-là que le DJ remit le morceau qui était déjà arrivé à sa fin. Sur la piste, les mêmes couples continuèrent les mêmes mouvements lascifs.

— Et le blues, qu'est-ce que c'est?

— Quand le Noir était esclave, son maître blanc le faisait travailler sous le fouet. Réduit à une bête de somme, il chantait pour exprimer sa condition. Ce n'étaient pas des chansons de joie, mais de tristesse, de mélancolie, de spleen. Le *blues*, mot anglais, est cet état d'esprit!

— C'est terrible!

— Oui!

Au bout de quelque temps, le morceau prit fin. Revenus à leur table, Yanza et Tsanda se sentirent encore plus proches. Elle lui prit la main, le regarda dans les yeux et lui demanda :

M'aimes-tu réellement?

— As-tu compris les paroles de *When a Man Loves a Woman*?

— Mon anglais est très élémentaire, je te l'avoue.

— La traduction du titre est « Quand un homme aime une femme ». Percy Sledge l'a composée en 1966. Les mots les plus importants se retrouvent dans les quatre premiers vers : « Quand un homme aime une femme/Il ne peut se concentrer sur autre chose/Il échangerait le monde/Contre le trésor qu'il a trouvé. »...

— C'est ton cas ?

— Oui, mon amie !

— Reprends-moi dans tes bras, comme tout à l'heure sur la piste.

Yanza ne se fit pas prier, il l'attira contre lui et l'embrassa fougueusement. Il y mit toute l'ardeur longtemps retenue, toute la violence que sa timidité n'avait pas pu exprimer jusqu'à présent. La lumière tamisée, les alcools et les airs de musique y étaient aussi pour quelque chose. Les boîtes de nuit étaient justement ces lieux à part, où des gens venaient donner un autre sens à leur existence.

Le DJ fit passer beaucoup d'autres tubes après celui de Percy Sledge. Occupés à s'embrasser et à se caresser, Yanza et Tsanda n'y firent pas attention. On passa ensuite *Henriquet* de Koffi Olomide, une rumba congolaise.

— Amie, dit Yanza, accorde-moi cette danse.

— Je suivrai tes pas !

— N'aie crainte, c'est presque le même pas.

Sur la piste, des couples se frottaient. Enlacés l'un à l'autre les danseurs se laissaient emporter par la voix de l'artiste.

— C'est d'une douceur à fendre l'âme ! murmura la jeune femme.

— Ainsi est l'amour, quand il est bien chanté.

— Ne me dis pas que tu comprends aussi lingala !

— Il se trouve que j'ai une tante qui vit à Kinshasa chez son mari ; elle y est depuis une dizaine d'années. J'ai grandi avec elle jusqu'à très récent. Ce pays et sa culture ne me sont pas étrangers.

Impressionnée par la vaste culture de son petit ami, elle se tut. Comme pour être complet sur la question, tout en dansant, il lui dit :

— Koffi Olomide a rencontré l'adolescente Carole Henriquet à Kinshasa. C'était une métisse de Brazzaville venue prendre part à un concours de beauté. Le chanteur l'a vue et en est tombé amoureux.

— Et il s'en est inspiré pour écrire cette chanson ?

— Oui.

— Il dit quoi là-dedans ?

— Il dit que l'amour est une richesse ; il demande à Dieu de rapprocher son destin de celui d'Henriquet ; car d'un simple sourire, elle a fait de lui un homme ; depuis qu'il l'a rencontrée, il a maintenant peur de mourir ; si les parents d'Henriquet le lui autorisent, il viendra mettre une bague à son doigt.

Yanza s'arrêta de danser au beau milieu de la piste. Il prit entre ses mains le doux visage de sa petite amie et lui dit :

— Je te remercie !

— Pourquoi ?

— En m'invitant ce soir, tu as fait de moi un homme. J'ai pu t'exprimer mon amour pour toi à travers ces chansons. Crois-tu que tes parents m'accepteront comme beau-fils ?

Elle prit entre ses mains son visage et, à son tour, demanda :

— Crois-tu que tes parents m'accepteront comme belle-fille ?

— Tu me retournes la question, pourquoi ?

— Pour que tu trouves ma réponse dans la tienne !

Il sourit et l'embrassa. Assurément, cette soirée était une réussite totale. Il l'entraîna vers leur table, et lui dit :

— Il est tard, rentrons maintenant.

Le retour se fit dans l'assurance d'un avenir ouvert à tous les espoirs. Les lumières de la ville défilaient derrière la vitre, et Tsanda rêvait, la tête inclinée sur l'épaule de Yanza. Il se gara à Beyeme et, comme il faisait tard, il la raccompagna jusqu'à la maison.

XIII

Les Masters 1 n'avaient cours que deux fois dans la semaine, les lundis et les jeudis. Tsanda choisit la journée de mercredi pour faire les emplettes et demanda à Ghélongo de l'accompagner. Pour cela, elles louèrent les services d'un taximan. À tourner d'un magasin à l'autre, ces courses leur prirent une demi-journée. Revenues à la maison, elles déballèrent les achats.

— Tu as maintenant des vêtements et des chaussures adaptés à toutes les situations, à tous les milieux !

— Maman va se poser des questions.

— De quel genre ?

— Du genre : « C'est ton petit ami qui t'a donné de l'argent ? »

— Accepte donc, et Yanza sera mieux vu par tes parents.

— Commencer ma relation par un mensonge n'augure rien de bon. Maman connaîtra la vérité sur le sens de notre amitié, afin de mieux t'apprécier.

Ghélongo n'eut plus rien à dire. Elle l'aida à ranger les vêtements.

— Il n'y aura bientôt plus de place, dit-elle, le placard est presque plein.

— Le tien est plein depuis longtemps. Il ne nous reste plus qu'à nous offrir des housses. On en vend un peu partout.

Le téléphone de Ghélongo sonna. Au bout du fil il y avait Bidona qui annonçait son arrivée le vendredi prochain à 19 heures. De l'aéroport il prendra un véhicule de location et une suite à l'hôtel Kevazingo, situé dans les environs du stade. Elle lui répondit :

— Nous nous verrons le lendemain de ton arrivée.

— Je nous ai déjà organisé la journée de samedi.

— D'accord, passe me prendre.

— À quelle heure de la matinée ?

— 10 heures, à la pompe.

— Retenu !

Yanza avait donné l'information à Tsanda et celle-ci l'avait transmise à son amie. Les deux jeunes femmes n'étaient donc surprises. Au départ il avait été question de 17 heures.

— Nous qui pensions qu'il ne viendrait plus !

— Où irez-vous ?

— Tu as entendu, il vient me prendre à 10 heures. C'est lui qui invite, lui seul sait où il va m'emmener.

— Jouons aux devinettes.

— Commence.

— Non commence.

— Dans ce cas, tirons à la courte paille.

À la suggestion de Ghélongo, elles firent comme dans certains films. La fille de Kina prit deux tiges d'allumette dans la main. Elle en brisa une, jeta un morceau et garda l'autre.

— Regarde bien ! Si tu choisis le bout, tu as gagné et je commence. Dans le cas contraire, j'ai gagné et tu commences. Ok ?

— D'accord !

Elle lui tourna le dos et mit chaque tige dans chaque main.

— Choisis !

Tsanda hésita, puis posa sa main sur la main qui tenait la longue tige. Ghélongo l'ouvrit et la longue tige apparut, au grand dam de son amie.

— Le sort te désigne, à toi de commencer. Sache que chacune de nous n'aura droit qu'à trois propositions.

— Il t'amènera au restaurant.

— Il m'amènera à la piscine.

— Il t'amènera au théâtre.

— Il m'amènera regarder un film.

— Il t'amènera au Parc de la Sablière.

— Il m'amènera au zoo d'Olame.

Ce jeu terminé, il ne leur restait plus qu'à attendre l'arrivée de Bidona. Tsanda éprouva le besoin d'aller à N'dume, rendre visite à ses parents.

— Tu viens avec moi ?

— J'aurais bien voulu, mais je dois mettre au propre le plan et l'introduction de mon mémoire. Transmets-leur mes salutations.

— Je ne manquerai pas.

Elle porta l'un des vêtements des achats du jour, une petite robe fleurie avec une fermeture ventrale. Elle chaussa une paire basse, elle aussi issue des achats du jour. Ainsi parée, Tsanda était encore plus belle à regarder.

— Attention, n'oublie pas que ton cœur appartient déjà à quelqu'un !

— Yanza n'a rien à craindre, je suis toute à lui.

Quand elle se mira, Tsanda comprit qu'elle était réellement belle. Si le vêtement n'était qu'un simple décor, elle réalisa qu'un décor peut être considérable, dès lors qu'il ravivait l'éclat du corps. Sur la piste qui montait jusqu'à la pompe ses pas avaient un autre sens. Dans le taxi qui la menait chez ses parents, Tsanda chantait dans ses pensées. Ce besoin qu'elle éprouvait d'aller leur rendre visite n'était en fait qu'un besoin d'être admirée.

Dès qu'elle franchit le seuil, une fraîcheur, qui n'était pas celle du climatiseur, l'envahit. Elle lui arrivait de l'intérieur, elle lui arrivait du cœur. Un trouble jamais ressenti transmettait à tout son être un sentiment de bien-être.

— Ma fille, c'est toi ?

— Oui maman, c'est ta fille !

— Chéri, viens voir ta fille !

La surprise ayant donné de la force à la voix, le père arriva dans la précipitation en pensant qu'il était arrivé un malheur.

— N'est-ce pas qu'elle est encore plus belle ?

— Effectivement !

Ils laissèrent Tsanda s'asseoir et l'imitèrent

— Ma fille, c'est ton petit ami qui t'a offert tout ceci?

Sa mère désigna la robe et les chaussures. L'accueil se déroulait exactement comme l'avait imaginé leur fille, comme pour confirmer qu'elle les connaissait très bien. Elle leur transmit le bonjour de Ghélongo.

— Pourquoi n'est-elle pas avec toi?

— Elle avait un travail à terminer.

Ensuite, elle raconta sa journée. Ils ne s'imaginaient pas que Ghélongo pût disposer d'une telle fortune. Ils louèrent en même temps sa modestie.

— Elle a un cœur en or!

— Oui chérie, sa main est ouverte.

— C'est le type d'amie que tu dois avoir.

Elle dit, puis l'entraîna à la cuisine. Il y avait des arachides bouillies dans l'assiette. Tsanda en raffolait. Pendant qu'elle mangeait, la mère lui demanda:

— Les parents de ton petit ami, comment ils te trouvent?

— Ils sont gentils.

— Penses-tu qu'ils vont approuver que leur fils t'épouse?

— Ils auraient voulu que je vienne d'un milieu aisé, je crois. Mais je pense que par amour pour leur fils, ils seront obligés de m'accepter.

— Qu'est-ce qui te le fait dire?

— C'est par rapport à certains signes que j'ai décelés chez sa mère, à sa manière de me dévisager à chaque fois. J'en avais même parlé avec Ghélongo.

— Et elle t'a donné de quoi changer l'avis de cette femme, quelle générosité ! De tels gestes renforcent les liens entre amies, ne l'oublie pas !

— N'aie crainte, maman !

Tsanda termina toute l'assiette sous les yeux de la mère. Comme le soir tombait déjà, elle prit congé. Debout sous l'auvent, les deux parents regardaient s'éloigner cette frêle silhouette qui devenait progressivement une femme. Ghélongo, qui terminait à peine son travail, lut sur le visage de Tsanda une grande satisfaction, car elle était très belle dans ses habits. Cette mine triomphante fit son ravissement, car il n'y avait pas meilleur bonheur que celui de donner.

Trois jours plus tard, Bidona vint chercher Ghélongo à la pompe. La voiture était une Toyota Land Cruiser V8, conçue pour rouler sur tous les terrains et en toutes saisons.

— Où m'emmènes-tu ?

— Nous allons déjeuner au zoo d'Olame.

Réalisant que Tsanda et elle avaient toutes les deux gagné, elle éclata de rire. Le jeune homme ne comprenait pas le motif du rire. Elle lui raconta leur jeu de devinette… Comme son amie, Ghélongo ne connaissait le zoo d'Olame que de nom, elle ignorait où c'était.

— C'est à une trentaine de kilomètres d'Iso. La route est une vraie piste pour éléphant. On n'y arrive qu'en 4X4 comme celui-ci. Au plaisir de regarder les bêtes sauvages s'ajoute celui de goûter à une bonne cuisine. Tu verras !

Ils roulèrent sur la voie goudronnée qui filait vers le nord jusqu'au PK 11. Ils prirent un chemin de terre qui s'enfonçait dans une forêt laissée volontairement à l'état sauvage. Des lierres pendaient aux grands arbres pareils à des géants issus d'un film d'horreur. Ici, n'entraient pas les rayons de soleil, seul soufflait le vent, seule régnait l'ombre. À trois reprises, le 4X4 avait failli s'embourber dans des marécages que ne signalait aucun panneau. Du sol montait une humidité fétide.

— Depuis quand fréquentes-tu de tels endroits ?

— Dès l'âge de quatorze ans. Le gouvernement venait de créer ce zoo à l'image de celui du pays voisin. La seule difficulté est qu'ici l'accès est un vrai parcours de combattant, alors que là-bas l'habitat des bêtes est dans un parc attractif qui accueille jusqu'aux enfants. On y accède par des voies bitumées.

Ils venaient d'émerger sur une place aérée où plusieurs véhicules étaient garés. Ils descendirent du 4X4 pour se diriger vers des enclos où étaient logées des espèces animales. Ghélongo demanda :

— Pourquoi appelle-t-on ce parc zoologique « Olame » ?

— « Olame » est un mot fang que l'on traduit par « piège ». Un parc zoologique est un « piège ». Divers animaux sauvages y sont enfermés pour le divertissement, la conservation des espèces et la recherche scientifique.

Nombreuses espèces d'oiseaux occupaient un espace grillagé. Ghélongo s'étonnait de ce que la forêt de Ndzobo pût en rassembler autant. Dans la cage suivante se vautrait un python. Il devait mesurer au moins six mètres. Certainement à cause de la terreur qu'infligeaient les reptiles, devant la vitre où il se trouvait, étaient massés plusieurs gens.

— Il est énorme !

— Il y en avait un plus gros et plus vieux l'année dernière. On l'avait surnommé le Monstre, car il dépassait les cent kilogrammes, tellement son gabarit effrayait. Je ne le vois plus, il est peut-être mort.

— Il peut vivre jusqu'à quel âge ?

— En captivité, jusqu'à trente ans ; mais dans la nature, rarement au-delà de quinze ans. Veux-tu savoir de quoi se nourrit-il ?

— N'est-il pas omnivore ?

— C'est un carnivore comme tous les serpents. À la taille adulte, le python se nourrit de rongeurs, de volailles et de gros mammifères, parfois d'autres serpents également.

Malgré l'épaisse vitre qui le séparait des visiteurs, le python effrayait vraiment. Bidona le sentait dans l'attitude inquiète de Ghélongo. Il la rassura :

— Le python ne possède pas de venin, il tue ses proies par étouffement. Cette vitre est assez solide, il ne pourra pas la briser.

Dans la suite de la visite, ils s'immobilisèrent devant la cage aux panthères. Il y en avait deux, et elles étaient toutes noires. Ici, la beauté, la prestance et le côté mystérieux participaient du mystère attribué à ce félin. À les voir d'aussi près, Ghélongo s'écria :

— Elles sont vraiment magnifiques !

Elles étaient allongées sur un tronc d'arbre et, tranquillement, dormaient. L'une d'elles bâilla, se redressa en léchant sa patte arrière. Sa compagne en fit autant. Tout d'un coup, elles se mirent à se poursuivre comme de gros chats, à gambader même. Quand elles grimpèrent en haut d'un arbre, Ghélongo, émerveillée par leur souplesse, murmura vers son compagnon :

— Elles sautent, malgré toute la masse de leur corps !

— Ce sont d'excellentes grimpeuses. Elles ont la particularité de hisser leurs proies à la fourche d'un arbre pour les mettre hors de portée des autres prédateurs. Cet avantage leur vient de leurs puissants muscles pectoraux et de leur longue queue.

— Quelle est la différence entre une panthère noire et un léopard ?

— La panthère noire est un léopard qui, sous l'effet du mélanisme, a vu son pelage fauve tacheté de rosettes devenir noir.

En poursuivant leur visite, Bidona et sa compagne arrivèrent devant la cage aux lions. Il y en avait deux, un mâle et une femelle. Ne sachant pas les distinguer, Ghélongo se renseigna auprès de Bidona qui lui répondit :

— Le mâle est reconnaissable à son imposante crinière. Ces deux félins sont des carnivores. Le mâle ne chasse qu'occasionnellement. Il est chargé de combattre les intrusions sur le territoire et les menaces contre la troupe. C'est la femelle qui chasse pour nourrir la famille.

— Sur ce point, on peut dire qu'il diffère de la panthère qui est solitaire.

— Oui, le lion est un animal grégaire, il vit en larges groupes familiaux, contrairement aux autres félins.

— Pourquoi est-il surnommé « le roi des animaux », alors que l'éléphant est plus gros et plus fort ?

— Vois-tu sa crinière ?

— Je vois sa crinière.

— Quel est l'astre qui est comme sa crinière ?

Ghélongo réfléchit un moment avant de dire :

— Le soleil.

— Le lion est surnommé « le roi des animaux », car sa crinière lui donne un aspect semblable au soleil, qui apparaît comme « le roi des astres ». Le soleil illumine son système, le lion rayonne sur les autres bêtes. Non seulement par la force, mais aussi par la noblesse.

Ghélongo comprenait mieux cette correspondance. L'analyse que venait de faire son compagnon lui plaisait et les rapprochait davantage. Bidona n'était pas seulement galant et gentil, sa capacité à se hisser au-delà du visible faisait de lui un homme au-dessus du commun. Le reste de la visite se fit tout aussi aisément. À la fin, ils entrèrent dans l'un des trois restaurants du parc. Le repas, composé essentiellement de fruits et de légumes, fut aussi excellent que la visite des animaux sauvages. Au beau milieu du repas, Bidona se leva et mit un genou à terre. Il fouilla dans sa poche, en sortit un petit coffret d'où émergeait un anneau de fiançailles. Il dit, la main sur le cœur :

— Ghélongo, depuis que nos yeux se sont croisés, je ne rêve plus que de toi ! S'il te plaît, prends cet anneau et fais de moi un homme heureux.

Les autres clients se retournèrent vers cette scène qui, dans cet univers sylvestre, sortait de l'ordinaire. Cela était si attendrissant que tous se levèrent et des applaudissements fusèrent. Sur le moment, Ghélongo laissa couler des larmes. Cette surprise battait en brèche tout ce que Tsanda et elle avaient imaginé. C'est à ce moment-là que parmi les clients une dame dit :

— Ma fille, n'attends pas, accepte la bague.

À sa suite, tout le restaurant cria à l'unisson :

— Accepte la bague ! Accepte la bague ! Accepte la bague !

Bidona avait toujours une main tendue et une autre sur le cœur. Ghélongo tendit sa main gauche dont l'annulaire accueillit la bague. À nouveau, des applaudissements fusèrent. On entendit des voix crier :

— Embrassez-vous ! Embrassez-vous ! Embrassez-vous !

Le jeune homme se redressa, prit son amie par le bras et l'attira contre sa poitrine. Quand leurs lèvres se rencontrèrent, les sens de la demoiselle chavirèrent. C'était la première fois qu'elle se retrouvait dans les bras d'un garçon. Son frêle corps, des orteils aux tempes, vibrait.

— Mon amour, je suis comblé !

— Mon chéri, je suis gâtée !

Bidona était sur un nuage. Il offrit à boire à tout le monde, même le personnel du restaurant trinqua. C'est dans cette euphorie qu'il reprit le chemin de la ville avec l'élue de son cœur. Le 4X4 se gara devant l'hôtel Kevazingo.

— Nous allons faire le point et je te dépose chez toi.

— Sois sage !

— Ne crains rien, je sais attendre.

Ils montèrent au septième étage. L'appartement surplombait l'océan. Les vagues, en cette fin d'après-midi, avaient fait silence. Une paix complète régnait. Bidona l'installa au salon et partit se changer. Il revint bientôt s'asseoir avec elle sur le canapé. La proximité des corps les enflamma et ils brûlèrent comme deux tisons. L'incendie les détruisait et ils n'arrêtaient pas de gémir. Parfois, ils émergeaient quelque temps pour bâtir l'avenir. Et ils se jetaient à nouveau dans la flamme. Le feu qui les brûlait avait la douceur de l'amour et la violence de l'enfer. Ils n'étaient qu'au commencement et avaient l'excuse de l'ignorance. Au bout de trois heures de délire, Bidona en extase raccompagna une Ghélongo troublée.

XIV

Dernier virage avant de connaître les joies et les rigueurs du terrain, le Master 2 occupait sérieusement les étudiants. Aux enseignements théoriques s'ajoutaient des stages pratiques. Si en cours Ghélongo et Tsanda excellaient, il leur fallait la même perfection devant leurs futurs élèves. Elles avaient repris contact avec Sœur Esala, leur ancienne professeure de philosophie. C'est dans sa classe et pendant son cours qu'elles passaient leur stage.

La notion du jour était la liberté. Assise, Sœur Esala les écoutait, suivait leurs interventions devant une classe attentive. Ses deux disciples l'ayant pour modèle essayaient d'atteindre sa perfection. Tsanda dit aux élèves :

En philosophie, la liberté se définit de deux manières : négativement, comme absence de contrainte ; positivement, comme état de celui qui fait ce qu'il veut.

Encore plus explicite, Ghélongo elle ajouta :

— La liberté est l'état d'une personne, voire d'un peuple qui ne subit pas de contraintes exercées par une autre personne, un pouvoir tyrannique ou une puissance étrangère. C'est aussi l'état d'une personne qui n'est ni prisonnière, ni sous la dépendance de quelqu'un.

Sœur Esala était contente de les voir s'exprimer avec autant d'aisance et sans recours à un support matériel. Tout coulait naturellement, comme de l'eau d'une roche. Elle était vraiment satisfaite, parce qu'elle les avait personnellement encadrées et orientées vers l'enseignement de la philosophie.

À la suite de ces définitions, Tsanda prit appui sur Kant en disant :

— Le problème de la liberté est soulevé par Kant dans trois de ses textes fondamentaux : la *Critique de la raison pure* (1781), les *Fondements de la métaphysique des mœurs* (1785), et la *Critique de la raison pratique* (1788).

Elle dit encore :

— De ces trois ouvrages, je parlerai brièvement des *Fondements de la métaphysique des mœurs*. On y distingue trois parties : passage de la connaissance rationnelle commune de la moralité à la connaissance philosophique ; passage de la philosophie morale à la métaphysique des mœurs ; passage de la métaphysique des mœurs à la critique de la raison pure pratique.

Elle développa chaque partie avant de les raccorder entre elles. Les élèves n'avaient pas encore vu cette leçon. Quand ils la verront avec Sœur Esala, cela ne sera pour eux qu'une révision.

Ghélongo prit la parole et parla de Jean-Paul Sartre qui avait écrit sur la même notion. Elle s'avança, les bras dans le dos, avant de les laisser tomber le long du corps. Elle dit :

— La liberté de Jean-Paul Sartre est action. « Agir, dit-il, c'est modifier la figure du monde ». La liberté est un néant au sein de la réalité humaine. Ce néant qu'est l'homme sous-tend un accomplissement, car l'homme est toujours à faire.

Elle prit pour exemple *L'existentialisme est un humanisme*, un livre né de la conférence que Sartre avait prononcée à la Sorbonne en 1946. La philosophie existentialiste est une philosophie humaniste qui place la liberté humaine au-dessus de tout. Ghélongo résuma ainsi le livre :

— La critique des marxistes est la première étape de ce discours. Pour les marxistes, l'existentialisme est une philosophie inactive, bourgeoise et contemplative. Mais pour Sartre, elle est fondée sur l'action libre. L'homme se fait lui-même, il est donc tout entier action.

Ghélongo marchait lentement dans l'allée entre les deux rangées de bancs. Arrivée jusqu'au fond, elle revenait lentement sur ses pas.

— Pour les philosophes catholiques, dit-elle encore, l'absence de Dieu retire à l'homme tout espoir et le condamne à vivre de manière absurde. Si Sartre assume l'athéisme de sa pensée, il n'accorde pas que sa philosophie soit nihiliste soit absence de valeur. Pour lui, l'homme est le créateur de ses propres valeurs, il est ce qu'il a décidé d'être.

Elle revint s'asseoir et Sœur Esala se leva à son tour et dit aux élèves :

— Elles viennent d'exposer le cours sur la liberté. C'est une notion complexe que nous verrons plus en détail au second semestre. Si vous n'avez pas compris, vous pouvez leur poser les questions.

Un doigt se leva, c'était une fille.

— Peut-on dire que finalement la liberté est une notion complexe ?

— Toute notion philosophique est complexe, dit Tsanda. C'est cette obscurité qui fait d'elle un concept qui intéresse le philosophe. Ma camarade et moi-même avons pris des exemples de penseurs qui ne s'accordent pas sur la question.

Un deuxième doigt se leva, c'était un garçon. Il dit :

— Sartre écrit que « l'homme est condamné à être libre », je ne comprends pas exactement ce que cela signifie. Pouvez-vous m'éclairer davantage ?

— Il faut lire *L'Être et le Néant*, dit Ghélongo. L'auteur y aborde tous les aspects de l'existence humaine. : le libre arbitre et le déterminisme ; les valeurs morales ; la notion de Dieu et le rapport aux autres. Si un être humain est créé par Dieu, son essence est déterminée par ce Créateur céleste. Il lui est donc soumis. Mais si au contraire c'est l'homme qui, par son *action* seule se donne une existence, donc sa liberté, alors il est condamné à être libre. Il n'est soumis à aucune contrainte extérieure.

— Voilà pourquoi, renchérit le garçon, Sartre dit que « l'existence précède l'essence » ?

— Oui. Pour lui, l'homme existe d'abord, se rencontre, surgit dans le monde. Avant, il n'est rien, il ne sera qu'ensuite. Et il sera tel qu'il se sera fait. Ainsi, il n'y a pas de nature, puisqu'il n'y a pas de Dieu pour la concevoir.

Un autre doigt se leva, c'était une fille.

— Je suis chrétienne. À l'examen, si j'ai un sujet sur la liberté, dois-je obligatoirement épouser le point de vue de Sartre ?

Ghélongo lui répondit :

— Le baccalauréat est justement un examen. Or « examiner », c'est vérifier. Quelle que soit la matière, on vérifie votre niveau dans cette matière. Un sujet sur la liberté n'échappe pas à la règle.

Elle marcha jusqu'à l'élève et ajouta :

— Ma camarade et moi avons commencé par définir le concept. Ensuite, nous avons convoqué des penseurs d'écoles différentes qui ont écrit sur la liberté. Le correcteur attend du candidat la même démarche.

— Je vous remercie, madame.

— Non, dites « mademoiselle », car je ne suis pas mariée.

— Merci, mademoiselle.

Après cinq années, revenir dans cette même salle de classe donnait le vertige à Ghélongo. Elle réalisait qu'elle avait changé. Elle pensait à Bidona, son petit ami. Cette bague de fiançailles à son annulaire, juste collée à l'anneau de Mughési, était la preuve même de ce changement.

À 10 heures, le carillon sonna la fin de l'heure. Les deux amies se retrouvèrent avec leur ancienne professeure dans la cafétéria réservée aux enseignants. Sœur Esala les présenta à ses collègues en disant :

— Voici Tsanda et Ghélongo qui étaient nos élèves il y a cinq ans. C'est leur dernière année à l'E.N.S. Elles sont en stage pratique dans ma classe.

— Mais je les reconnais ! Bonjour, mesdemoiselles et bientôt collègues.

C'était le professeur d'histoire-géographie. Les deux amies lui tendirent la main. Le voile déchiré, le mystère tombait. Elles étaient passées de l'autre côté, et cela se concrétisera dans quelques mois. Sœur Esala était si contente qu'elle les amena en son domicile sis au pied du mont Tsendè.

— Asseyez-vous, je vous en prie !

Elles s'exécutèrent. Par les fenêtres entraient de brûlants rayons de soleil. Il n'était pas encore 11 heures et déjà la chaleur chargeait Iso d'une grande chaleur. Malgré son voisinage avec l'océan, la capitale croulait sous la canicule. Seuls ceux qui étaient perchés sur les hauteurs de Tsendè jouissaient des courants d'air frais. Sœur Esala servit une boisson rafraîchissante.

— À votre santé ! dit-elle.

Pendant qu'elles trinquaient ainsi, une voiture se garait dans la cour. Iniva, la grande amie d'Esala, entra avec un panier de victuailles. Elle alla directement déposer le panier à la cuisine sans passer par le salon. Quand elle y entra, elle vit les deux camarades et leur ouvrit les bras.

— Mes filles, je suis contente de vous !

— Nous aussi, répondirent-elles d'une seule voix.

Elles se donnèrent l'accolade.

— J'ai reçu le coup de fil d'Esala, et me voici !

— Oui les filles, renchérit celle-ci, j'ai voulu vous faire la surprise.

— Merci à vous deux, nous sommes réellement contentes !

Toutes deux se levèrent, en même temps que la professeure de philosophie. Comme quatre bonnes vieilles camarades après de longues années de séparation, elles célébrèrent ces retrouvailles de la manière la plus émouvante. Se tenant par les mains, elles sautillaient comme des enfants.

— Nous allons « » archiver » » cette journée par un repas semblable à la Cène des évangiles. Mais au lieu du dernier repas, celui-ci est le premier que nous prenons ensemble.

Ainsi parla Iniva. Et son amie Esala de renchérir :

— La sainte Cène, terme issu du latin *cena* qui signifie « repas du soir », est le nom donné par les chrétiens au dernier repas que Jésus a pris avec les apôtres, peu avant son arrestation. Filles, le symbolisme sera vécu à l'envers.

Ainsi dit Esala. Et son amie Iniva de rajouter :

— Filles, aussi vrai qu'après sa crucifixion Christ est entré dans la mort et a connu la gloire éternelle, ce repas symbolique vous propulsera dans l'enseignement et vous connaîtrez l'immortalité. Car, de tous les métiers de la terre, l'enseignement en est le plus noble.

Ainsi parla Iniva. Et son amie d'insister :

— Du cuisinier au président de la République, tous seront vos écoliers.

Elles s'assirent autour de la table et dégustèrent les victuailles ramenées par Iniva. Les sujets abordés allaient d'un bord à l'autre. Ghélongo et Tsanda se sentaient grandir, pousser, à l'instar des plantes au contact d'une bonne terre. Comme elles-mêmes s'entendaient mieux que des sœurs jumelles, Esala et Iniva se comprenaient et se complétaient.

— L'enseignant est la référence, soyez la référence ! dit Esala.

— L'enseignant est noble, soyez nobles ! ajouta Iniva.

Leur complicité était le fruit d'une amitié sincère, née avant même d'assumer leurs activités. En toute humilité et à tour de rôle, elles faisaient le service en remplissant les assiettes de nourriture et les verres de jus. Les fenêtres étaient béantes et circulait le vent. Au pied du mont Tsendè, l'habitation bénéficiait de la fraîcheur des sommets au fur et à mesure que déclinait le jour.

Esala dit :

— L'enseignant capte à son insu la jeunesse des élèves, son esprit et son corps sans cesse revigorent. Soyez humbles.

Iniva renchérit :

— L'enseignant séduit et ses élèves veulent lui ressembler. Ne les décevez pas.

Pour agrémenter l'instant, Esala mit en marche le magnétocassette. Aussitôt une musique instrumentale, douce et basse, se mit à les bercer.

— Les filles, à mes débuts dans le métier, dit-elle, un élève de 1ère avait glissé dans sa copie une lettre, une vraie déclaration d'amour !

Elle laissa passer un temps avant de continuer :

— J'ai corrigé sa copie. En la lui remettant, je lui ai demandé de venir me voir après le cours. Quand il s'est présenté, je lui ai demandé, avec le sourire, s'il avait l'habitude d'envoyer des mots d'amour à ses professeures.

Elle se leva à nouveau, cette fois-ci, pour sortir les fruits. Il y en avait cinq types : oranges, bananes, raisins, goyaves et mangues. Posés dans un panier en osier sur la table, chacune d'elles devait se servir. Elle dit encore :

— Cet élève, gêné, a gardé ses mâchoires et ses lèvres coincées. Je lui ai dit : « Ne confonds pas admiration et amour. Je suis la professeure et tu es l'élève. Tes parents t'ont confié à nous enseignants pour que nous te transformions. Ce que tu fais-là, ce n'est pas pour devenir un citoyen modèle. Si je n'avais reçu de mes maîtres une bonne éducation, je t'aurais traduit en conseil de discipline. Va et ne recommence plus !» Dès cet instant-là, il était devenu un élève exemplaire. Il avait fini par avoir son bac avec une mention honorable.

Iniva prit une mangue et un couteau. Avant de la peler, elle dit :

— Moi, j'ai eu une tout autre expérience ! C'est avec une étudiante de licence. Au cours d'un oral, elle m'avait proposé de l'argent afin que je transforme sa note, qui était minable, en un 17/20 ! J'ai refusé.

Elle dit, puis épela sa mangue avec grand soin. Iniva appréciait plus que tout ce fruit tropical, le plus consommé au monde après la banane. Elle dit encore :

— Les filles, consommez le plus souvent la mangue. Elle est riche en substances anti oxydantes qui peuvent entraîner des maladies dégénératives comme le diabète et le cancer. En outre, elle contient de la vitamine C.

— Les filles, renchérit Esala, si vous voulez perdre du poids, la mangue est ce qu'il vous faut. Ses fibres présentent l'avantage de donner la sensation que l'on a le ventre plein, sans apporter aucune calorie.

Elle dit, puis, comme Iniva, prit une mangue, l'épela et la mangea.

– Son noyau contient une amande qui est un excellent vermifuge, dit-elle. L'écorce du manguier s'avère très efficace en traitement contre les hémorroïdes. En décoction, elle soulage les dents et les gencives douloureuses.

Ghélongo et Tsanda firent comme les deux enseignantes. Pendant que toutes les quatre savouraient la mangue, le ciel d'Iso virait. L'océan et le soleil avaient fini par engendrer une atmosphère orageuse.

— Ne bougez pas, leur dit Esala, je ferme les fenêtres et j'allume le plafond.

En quelques minutes, le pied du mont Tsendè se transforma en ruisseaux. Du sommet dévalaient des trombes d'eaux boueuses. Heureusement que la propriété avait un mur d'enceinte qui la protégeait des éboulements. Quand elle revint auprès des filles, Esala leur parla en véritable éducatrice :

— Les filles, la mangue est un fruit qu'il faut savoir déguster. Il en existe une variété de façons. Dont celle-ci : couper des tranches fines dans la longueur et contre la peau ; réaliser la même opération dans le sens de la largeur ; retourner la mangue et dégager les dés en raclant la peau à l'aide du couteau.

Aussi brusquement qu'elle avait commencé, la pluie s'arrêta. Un magnifique arc-en-ciel traçait à présent un sillon coloré qui traversait la ville.

— Les filles, continua Esala, l'enseignement est un métier qui demande un excellent doigté ; c'est un art subtil, aussi complexe que l'est l'esprit humain. Autant d'enseignants, autant de pédagogies. Nous venons de vous offrir les quelques difficultés auxquelles vous aurez à faire face.

Iniva, à son tour, dit :

— Les filles, ce repas a fini par la dégustation d'un fruit, la mangue. Si vous avez intégré tous les aspects de ce repas symbolique, vous connaîtrez à votre tour l'immortalité.

Tsanda et Ghélongo apprécièrent et remercièrent leurs professeures. La pluie ayant cessé, Iniva et son amie décidèrent de les déposer. L'arc-en-ciel, comme un serpent mythique, encerclait la ville, l'inondant d'écailles précieuses.

XV

Capitale au climat parmi les plus humides du continent, Iso croulait sous la tornade et le tonnerre. C'était un dimanche larmoyant. Les adeptes de Christ n'avaient pas pu se déplacer pour l'église. Assurément Iso méritait bien son nom de « l'œil », dans une langue locale. En joie comme en peine, quelle que fût l'émotion, l'œil réagissait en versant des larmes !

Tornade et tonnerre sur la ville, joie et larmes dans l'esprit des filles ! Ghélongo et Tsanda avaient brillamment été reçues à leur examen. Elles attendaient la fin du mauvais temps pour se rendre chez Tsinga. Très satisfait de leur brillant parcours, il les invitait fêter l'évènement. Pour le moment les deux amies étaient debout à la fenêtre de leur chambre et regardaient tomber la pluie.

— Hier soir avec Yanza, où êtes-vous allés ? demanda Ghélongo.

— Ses parents nous ont offert un repas dans un grand restaurant de la ville. Sa mère a déjà pris contact avec le ministère de l'Éducation nationale.

— Dans quel but ?

— Pour que Yanza soit affecté à Iyona, le prestigieux établissement du pays.

— N'y enseignent effectivement que les cracks. Troisième de la promotion après nous, Yanza en a le mérite. Pourquoi sa mère se donne-t-elle ce souci ?

— Elle connaît comment marche son pays. Le mérite n'y est pas toujours considéré, seules les relations sont considérables.

Ghélongo sourit. Elle se souvint du *Bourgeois Gentilhomme*, la célèbre pièce de Molière. Drapier devenu riche, M. Jourdain eut beaucoup de mal à être admis chez les nobles, à jouir de leurs privilèges. Tel était le drame des Yanza ! Ils avaient bâti leur fortune à la sueur du front et se complaisaient dans leur intégrité. Or à Ndzobo, seuls les hommes politiques étaient considérés.

Les éléments se calmèrent après 11 heures. Il n'était pas encore tard pour répondre à l'invitation de Tsinga. Il avait prévu de passer avec elles toute la journée. Quand les deux nouvelles diplômées arrivèrent enfin, il soupira de satisfaction :

— J'ai eu peur quand il a commencé à pleuvoir !

— Tonton, s'il y avait un souci autre que la pluie, j'aurais appelé.

— Allons sur la terrasse.

Tout était fin prêt, la table du petit déjeuner était dressée.

— Qui t'a aidé ? demanda Tsanda.

— En l'absence de Mme Ngui je fais tout moi-même.

— Il est temps que tu prennes une femme, tonton !

— Ma nièce, jusqu'ici, je cours toujours derrière la qualité.

Sur la même table rectangulaire du premier jour, il les installa face à face et lui-même au bout. Ghélongo était à sa droite et la nièce à sa gauche.

— Ghélongo, dit-il, avant de nous asseoir, tu as l'honneur de bénir le repas.

Elle ferma les yeux et mains jointes à celles des autres, pria :

— Dieu des nations et des peuples, nous te bénissons, car tu es Amour ! Merci de nous avoir donné de passer cinq années dans ta gloire ! Merci d'avoir écarté de notre chemin la vipère et l'épine ! Merci d'avoir mis sur notre voie des personnes aimables ! Que ce repas soit béni au nom de Jésus !

— Amen, répondirent d'une même voix Tsanda et Tsinga.

À peine Ghélongo avait-elle lâché la main de Tsinga que son annulaire se mit à chauffer d'une chaleur douce et agréable, voisine de la démangeaison. Quand elle y posa le regard, la bague dorée que lui avait offerte Bidona avait quasiment brûlé, alors que l'anneau de Mughési était intact. Ghélongo vécut ce phénomène seule et en toute conscience. Elle ne laissa rien transparaître aux yeux des autres. Que racontera-t-elle à Bidona ? Une idée lui vint : elle ira demain dans une bijouterie acheter une bague similaire !

Le petit déjeuner était composé d'œufs bouillis, de pain de mie, de fruits et de jus. Les sujets tournaient autour des examens de fin d'année et de l'avenir.

— Vous êtes les meilleures de la promotion depuis la 1ère année, vous enseignerez à Iyona, selon l'usage. En tout cas, j'y veille.

Si Tsanda accueillit cette information dans la joie, Ghélongo était dans la peine. Elle voyait son affectation à Mbazambua compromise. Or, il lui fallait à tout prix partir de la capitale et fuir l'infamie. Consciente que le sort exigeait qu'elle se mît avec Tsinga, elle avait décidé de s'y opposer.

— M'est-il possible d'aller enseigner ailleurs ? demanda-t-elle.

— Sois plus claire !

— Je souhaite aller en province !

— En province, où ?

— À Mbazambua.

— Mais, que vas-tu chercher dans un trou pareil ? Première de ta promotion, tu gagnerais beaucoup à Iyona ou dans un autre établissement d'Iso. As-tu bien réfléchi ?

Tsanda était sur le point de dévoiler à l'oncle la raison qui poussait son amie. Mais, ayant croisé le regard de Ghélongo, elle renonça.

— Oui, j'ai bien réfléchi. Veux-tu m'y aider ?

Tsinga baissa avait espéré que travaillant à la capitale avec elle, il aurait eu le temps de la conquérir. Il n'avait pas voulu le faire avant, ne voulant pas la perturber. Ghélongo lisait clairement les pensées de cet homme qui, comme elle, souffrait de ce mal incurable qui avait pour origine un dieu cruel : Amour !

— Comme tu veux ! Je me rapprocherai de mon ami l'Inspecteur d'académie. Il est le seul à régler ce type de dossier.

— Merci !

Cette affaire était en voie de trouver un arrangement, resterait la bague à changer. La journée n'eut plus l'éclat escompté, le petit déjeuner non plus. Les deux amies partirent de là peu avant 17 heures. Ne sachant que faire, elles décidèrent de s'arrêter au café-bar Egneng-melen. Comme tous les weekends, il y avait beaucoup de monde sur les terrasses. À Iso, les gens raffolaient des espaces ouverts, à cause de la chaleur. Malgré la pluie du matin, l'atmosphère était restée lourde. Ghélongo et Tsanda trouvèrent, heureusement, une table occupée par un couple.

— Vous permettez ? demanda Tsanda.

— Oui, vous pouvez.

Le jour baissait. Sur les vagues de la mer voltigeaient les derniers oiseaux.

Les deux amies n'avaient pas fait attention à l'homme, mais lui, les avait reconnues.

— Toujours ensemble, à ce que je vois !

En levant les yeux, elles découvrirent Mbinda, leur ancien camarade de classe. Elles se relevèrent pour quitter la table. Il les arrêta avec ces mots :

— Je vous en prie, restez !

Sa voix était douce. Il se tourna ensuite vers sa compagne :

— Voici les anciennes camarades de classe dont je t'ai souvent parlé, dit-il. Je leur dois des excuses.

Il était sincère, on le voyait aux traits de son visage. Ghélongo et Tsanda étaient bien surprises du changement. Celui qui les avait couvertes d'injures, qui avait même voulu les frapper, plia les genoux sur cette terrasse bondée.

— Pour le mal que je vous ai fait, je sollicite humblement votre pardon. Je m'en veux sincèrement. J'ai passé trois mois en prison, trois mois au cours desquels j'ai rencontré Tambi, un homme de Dieu. Et l'homme de Dieu m'a montré la lumière. Et la lumière m'a affranchi.

Mbinda parlait la tête basse et les yeux clos, comme un garçon sage. C'était poignant. La première à réagir fut Tsanda :

— Lève-toi, Mbinda, ta sincérité est touchante !

Il ne se fit pas prier et se releva. Attendant de Ghélongo un mot similaire, il resta debout à l'instar d'un piquet planté. Celle-ci lui dit :

— La vie est une rivière et violents sont les courants. Savoir nager est important pour la survie. Et avant d'y arriver, on est la victime de glissades et de tumultueuses vagues. Tu as fait des erreurs que tu regrettes à présent, en toi est mort le vieil homme. Alors, nous te pardonnons.

Le visage rayonnant, Mbinda dit :

— Je vous remercie toutes les deux. Je vous présente Ava, ma femme. Il y a un an, le maire nous a unis. Il y a neuf mois, nous avons eu notre premier bébé.

— Nos vives félicitations ! dit Tsanda.

Elles donnèrent l'accolade à la femme. Emporté par la joie d'avoir été pardonné, Mbinda leur offrit à boire. Dans la conversation qui suivit, il leur dit que depuis deux ans il travaillait avec un Indien de Bombay, importateur de la marque de gin Bombay Sapphire.

— Je me suis rendu à Bombay cinq fois, expliqua-t-il. Ma connaissance de l'anglais, tout comme ma maîtrise des circuits de vente d'alcool dans le pays sont des atouts considérables. M. Alisha, dont le nom signifie « protégé de Dieu », est la bonté faite homme.

Elles découvraient là un autre Mbinda dont la voix était douce comme la voix de l'âme. Était mort l'insolent garçon, le fier camarade et le cupide étudiant.

— Nous sommes très heureuses avec toi, dit Ghélongo. Tu as enfin trouvé ta voie, accroche-toi. Tu as maintenant une famille, c'est une bénédiction !

Tsanda parla dans le même sens. Après une dernière tournée, elles prirent congé de celui qui fut leur cauchemar dans le passé. Sa rencontre avec Dieu l'avait lavé de la saleté qui était collée à sa peau et dans son cœur.

Sur le chemin de la maison, Tsanda proposa une courte escale dans un jardin public. Le soir tombait, l'air était tiède. Ghélongo y adhéra. Le square d'un hôtel les accueillit. Elles revinrent sur le changement radical de Mbinda.

— Il était déjà sur une vilaine pente !

— Sa chute était prévisible !

— Dieu l'aime.

— Oui.

Un véhicule stationna dans l'allée du square, à quelques mètres. Un couple et leurs deux enfants venaient aussi profiter de cet espace ouvert. La brise qui soufflait entre les branches était agréable sur la peau. La vue de cette famille inspira Tsanda :

— Tonton voulait connaître la raison qui te pousse à Mbazambua, dit-elle. Je voulais lui dire la vérité. Par le regard tu me l'as interdit, pourquoi ?

Tsanda connaissait bien son amie. Sa manière de croiser et de décroiser les bras, au lieu de répondre à la question, traduisait un profond malaise. Elle découvrit la bague brûlée et s'écria :

— C'est arrivé quand ? Ce matin, elle était encore intacte !

Le ruissellement des larmes sur les joues de l'amie inquiétait et la nièce de Tsinga avait du mal à comprendre. Cette bague brûlée était le cœur de Bidona ! L'anneau de Mughési n'avait pas réagi au contact de ce garçon ! Mais pourquoi cet entêtement de Ghélongo à le rejoindre ? Était-ce ce qui la poussait à pleurer ? Autant de questions délicates que se posait la petite-fille de Diongo.

Les sanglots de Ghélongo mirent fin à l'escale du square. Cette grise mine dura jusqu'au lendemain. Après le petit déjeuner, les deux amies firent le tour des bijouteries à la recherche de la bague similaire à celle qui avait brûlé. Leur quête aboutit au bout de trois heures de recherche.

— La tromperie est parfaite !

— Oui, la ruse marchera !

Sur l'annulaire, la nouvelle bague remplaçait la brûlée. Elle ne portait pas la même émotion certes, mais cela importait peu, dès lors qu'elle était identique à la première. Tsanda était cependant inquiète. Une relation qui débutait avec autant d'incohérence portait forcément un très mauvais augure. Le mensonge, voilà le piège qui détruisait les sentiments.

— Je vais aller consulter Nima, viens avec moi.

— Allons-y, si tel est ton vouloir.

Elles trouvèrent la petite dame bossue devant sa cabane tissant un panier de portage. Sans lever les yeux de l'ouvrage, elle leur indiqua deux tabourets posés l'un à sa droite et l'autre à sa gauche. Les deux amies comprirent à ce dispositif que Nima les attendait. Ce qui ne les surprenait pas. Au bout d'un moment, Nima les regarda et demanda :

— Voyez-vous ce panier de portage ?

— Nous le voyons ! répondirent-elles à l'unisson.

— Une femme y emporte des boutures dans sa belle-famille ; elle les sème dans le coin de terre qui lui est réservé afin de nourrir son mari ; les boutures sont des graines de richesse.

Nima se remit à son ouvrage. Liane sur liane suivant le rythme des doigts, le panier de portage continuait à prendre forme. Au bout d'un quart d'heure, l'ouvrière les regarda et ajouta :

— Le panier symbolise une richesse inestimable tout comme le ventre de la femme. Les boutures dans le panier représentent aussi les enfants, qui sont autant considérables pour les parents.

Les doigts reprirent leur marche frénétique alors que s'égrenaient les minutes. Ghélongo et Tsanda avaient pour mesure la patience. De loin en loin leur arrivaient en écho les bruits de la ville qui, mêlés aux chants d'oiseaux des bois, donnaient le vertige. Celui-ci se transforma carrément en ivresse quand Nima, portée par l'ardeur, se mit à fredonner une chanson dans une langue inconnue. Au bout de la chanson, elle leur demanda :

— Voyez-vous ces mailles ?

— Nous les voyons ! répondirent-elles ensemble.

— C'est par elles que tombe tout ce qui n'est pas bénéfique pour la femme : problèmes de couple, injures de la belle-famille, mépris… Mes filles, intégrez la sagesse du panier quand vous serez mariées. Vous me le promettez ?

— Nous te le promettons ! jurèrent-elles à l'unisson.

— Je terminerai l'ouvrage plus tard. Ghélongo, tu as bien fait de répondre à mon appel télépathique. Pourquoi résistes-tu à ton destin ? Qui es-tu pour tenter de t'opposer à ce qui est bon pour toi, et qui se réalisera forcément ?

Au plus fort des sanglots, la fille de Kina avait ressenti une envie de se confier à l'Initiatrice. Ce matin, quand elle enfilait la bague de substitution, l'image de Nima s'était imposée dans son esprit de manière insistante…

— Ton avenir est un boulevard. La dernière fois je vous ai demandé de vous accrocher aux avis subtils de l'anneau. À votre doigt, il vit comme n'importe quelle autre créature. Ma fille, tu as le discernement, tu dois te fier à lui.

Elle se tourna ensuite vers Tsanda :

— Quant à toi, lui dit-elle, ne t'écarte pas de ton chemin. En suivant la voix de l'anneau, tu es sur une bonne voie. Il te revient d'aider Ghélongo. Elle a une conscience morale et une idée de culpabilité très fortes. Dis-lui simplement que les voies de Dieu sont insondables. Il n'a que faire des avis de ses sujets que nous sommes.

Ainsi parla Nima, celle qui n'avait pour égale que Mughési. Elle se leva avec son ouvrage inachevé et, sans plus aucun mot, disparut dans la cabane enfumée. À leur tour se levèrent les deux amies. Elles étaient venues consulter l'Initiatrice, elles repartaient comblées et enrichies.

XVI

Le bateau qui reliait la ville minière largua les amarres un matin de septembre. Tsinga avait réussi à convaincre l'inspecteur délégué d'académie pour que Ghélongo fût affectée à Mbazambua. Tsanda et Yanza intégraient le lycée Iyona. Pour la première fois, les deux amies se séparaient, mais restaient par l'esprit unies à jamais. Tsanda, qui était retournée chez ses parents, avait la mission de trouver un locataire pour la maison de Beyeme.

Ghélongo avait le choix : prendre l'avion qui mettrait quarantaine de minutes, ou le bateau qui ferait le double de ce temps. Ses liens avec l'eau étaient si forts qu'elle s'y sentait en sécurité, rassurée que sur elle veillait Mughési. Collée au hublot, elle regardait s'éloigner Iso. Au bout d'un moment, l'envie lui vint de sortir sur le pont. Le vent dans ses oreilles, le vide alentour, la voltige des oiseaux marins et la mousse liquide derrière le navire créaient l'enchantement. Une banquette installée sur le côté la sollicita, et elle s'y installa. Les vibrations des moteurs ankylosaient ses jambes, malgré la chaleur de la salopette.

Bercée par le tangage, l'amie de Tsanda bientôt s'assoupit. Elle aperçut Mughési sillonnant les profondeurs avec sa cour. Celle-ci l'interpela : « Joins-toi à nous ; à force de fuir ton destin, tu te fuiras continuellement et tu mourras sans avoir vraiment vécu. » Ghélongo lui répondit : « Maman Mughési, je suis honorée de ton invitation ; mais si j'entre dans ta cour, le navire m'abandonnera et je serai malheureuse, car Bidona m'attend. » Mughési répliqua : « Un jour, c'est Bidona qui t'abandonnera pour que triomphe ton destin. » Elle émergea aussitôt de sa somnolence et toisa la mer. Dans le bleu de la vague et parallèlement au navire nageait un gros poisson. Elle ne réussit pas l'identifier. Les fonds marins regorgeaient assurément de créatures inconnues ! Cette vision la perturba jusqu'à l'arrivée.

Comme à chaque débarquement, le port de Mbazambua était en effervescence. Dans cette foule disparate, Ghélongo eut beaucoup de mal à retrouver Bidona. Alors, elle décrocha son téléphone portable et tapa le numéro du jeune homme. Il lui répondit :

— Assieds-toi dans le snack du quai, je ne suis pas loin.

Elle n'attendit pas longtemps. Ils s'embrassèrent ardemment. La prenant par la taille, Bidona lui présenta celui qui l'accompagnait.

— C'est Ndéro, mon aide-comptable.

— Enchantée de vous connaître !

— Moi aussi !

— Ndéro, voici Ghélongo, mon remède et ma future femme !

Le disant, il la prit par une main et de l'autre souleva sa valise. Du port, ils s'arrêtèrent au bureau de Poba, la compagnie pétrolière. Bidona était dans les nuages et tenait à partager sa fortune avec toute la société. Passant d'un bureau à un autre, il présentait sa dulcinée. Partis de là, ils arrivèrent à Orowa, la cité où étaient logés les cadres de la compagnie. La villa était constituée d'un rez-de-chaussée et d'un étage. En bas, c'étaient le salon, la salle à manger, la cuisine et les sanitaires. En haut, c'étaient deux chambres identiques. Bidona dit à sa bienaimée :

— Tu es chez toi, transforme cette habitation à ta convenance. Ndéro et moi retournons au bureau.

— À quelle heure rentres-tu ?

— À 16 heures.

— D'accord !

Restée seule, elle monta à l'étage avec l'intention de se reposer du malaise de la mer. Le lit avait été soigneusement fait. Elle apprécia la fraîcheur des draps et s'y étala sans se changer. Malgré la lassitude et la volonté de se reposer, Ghélongo était terrorisée par la première nuit avec un homme, et la peur de la déchirure. Elle avait beaucoup lu sur la question, et beaucoup discuté avec des filles expérimentées. L'une d'elles lui avait dit : « Faire l'amour pour la première fois est un moment essentiel dans la vie sexuelle d'une femme. » Avant d'ajouter : « Cependant, essentiel ne veut pas dire urgent ! ». Couchée sur le dos, Ghélongo revivait ces souvenirs du lycée avec angoisse. Il fallait se sentir prête pour faire l'amour. Il fallait le bon moment et un partenaire de confiance. Elle se leva dans l'effort, car l'aine se dilatait.

La salle d'eau n'était qu'à quelques pas. Elle poussa la porte et le parfum de la lavande l'accueillit. Le bleu des murs n'avait d'égal que le bleu des sanitaires. Elle s'accroupit pour uriner. À sa grande surprise, elle s'aperçut qu'elle saignait.

— Serais-je de nouveau indisposée ?

Sortie toute seule de sa bouche, l'interrogation de Ghélongo traduisait sa surprise. Voici exactement trois jours que ses règles étaient terminées. Son cycle, constant depuis qu'elle était sortie de l'adolescence, ne pouvait se dérégler aussi facilement. Se refusant de tirer de conclusions hâtives, elle ouvrit sa valise et sortit un paquet de serviettes hygiéniques. Elle en avait toujours en réserve. Elle changea aussi de vêtement. Une jupe rouge et une un petit haut blanc remplacèrent la salopette.

Cette perturbation ayant chassé lassitude et volonté de se reposer, Ghélongo ressortit de la chambre. En passant devant le salon pour la cuisine, un buffet attira son regard. Elle l'ouvrit. Parmi les bouteilles d'alcool, elle reconnut le fameux gin Bombay Sapphire. « Tu ne pouvais mieux tomber ! », pensa-t-elle. Quelques instants plus tard, debout à la fenêtre et verre à la main, la fille de Kina sirotait la merveilleuse boisson. Le visage de Tsanda s'encadra alors dans sa mémoire, et au même instant son portable vibra. Elle eut plaisir à décrocher.

— Tsanda ?

— Oui, c'est moi ! As-tu fait un bon voyage ?

— Au cours d'un assoupissement, j'ai vu Mughési !

Elle raconta calmement l'étrange dialogue.

— Ghélongo, pourquoi refuses-tu de m'ouvrir ton cœur ? La dernière phrase de cette dame marine m'inquiète beaucoup. S'il te plaît, aide-moi à t'aider !

La fille de Kina garda le silence. À l'autre bout du fil, Tsanda s'impatientait.

— Tu m'écoutes ?

— Il y a autre chose : j'ai des saignements !

— Des règles ?

— Apparemment !

— Ce n'est pas vrai, tu viens d'en sortir !

— En effet, et je ne comprends pas !

— Que dit Bidona ?

— Il m'a juste déposée ; à peine est-il reparti que j'ai eu ces saignements. J'attends son retour pour l'en informer. Prends soin de Yanza.

Ne voulant pas subir longtemps les gronderies de son amie, Ghélongo raccrocha précipitamment. De la fenêtre, elle voyait s'étendre Orowa, avec ses maisons bâties selon une architecture unique. Son plan en croix, ses rues bitumées, ses lampadaires en faisaient une petite ville moderne dans une Mbazambua délabrée. Occupée à contempler, elle ne vit pas un chat entrer poursuivant un rat. C'est à cause du bruit d'un verre brisé dans la cuisine qu'elle quitta la fenêtre du salon. Elle croisa le carnivore félin qui s'enfuyait avec sa proie. Elle nettoya les morceaux de cristal et ouvrit le congélateur. Le jour déclinant, il fallait cuisiner.

Bidona ne fit pas grand cas du cycle perturbé de Ghélongo. Dans une semaine tout cela ne serait qu'un souvenir. L'essentiel était qu'elle fût dans sa maison, et qu'alentour on la vît ! L'homme tenait à son image et ne voulait pas passer inaperçu. À ses amantes de Mbazambua qui voulaient s'accrocher, il disait, pour les dissuader : « Ne vous faites aucune illusion, ma femme arrive ! ». Ces filles tenaient à lui exclusivement pour son argent. Parce qu'en boîte de nuit il ne buvait que le champagne, elles pensaient que sa poche était aussi garnie que les comptes bancaires de Poba.

Deux jours après son arrivée, Ghélongo se présenta au lycée. Le proviseur était une femme, Mme Ambonguila. La rentrée étant fixée à la première semaine d'octobre, la jeune professeure de philosophie venait pour un premier contact. Construit sur le socle rocheux Ngowa qui dominait la ville, l'établissement avait fini par prendre le nom de celui-ci. Le ministère de l'Éducation nationale avait préféré ce site. Il était le seul qui présentait un sol solide, contrairement aux autres envahis par le sable. Ce n'était d'ailleurs pas un hasard si la mission catholique s'y était implantée bien avant. Le nom de Ngowa venait d'assez loin. Avant la découverte du pétrole et l'afflux des populations, c'était le refuge privilégié des sangliers.

Mme Ambonguila reçut Ghélongo et lui dit :

— J'ai eu le plaisir à lire votre dossier. Vous devriez être affectée à Iyona, pourquoi êtes-vous ici ?

— Mon fiancé travaille à Poba.

— Vous avez pris une bonne décision. J'étais aussi major de ma promotion et j'ai enseigné l'histoire-géo à Iyona. Depuis cinq ans, je suis proviseure de ce lycée. Je maîtrise l'esprit des habitants d'ici parce que je suis de Mbazambua. Au moindre problème, rapprochez-vous de moi.

— Je m'en souviendrai, madame !

— Elle sortit un emploi de temps et le lui remit en disant :

— Il y a quatre classes de terminale que vous partagez avec un autre collègue. Vous enseignerez les séries A et B exclusivement. Vous les prendrez ensemble, deux fois par semaine pendant trois heures.

— Ghélongo examina l'emploi de temps.

— Mardi et vendredi, salle KZ, c'est bien cela ?

— Salle KZ du bâtiment Kevazingo, de 9 h à 12 h.

— Où est-elle située ?

— À l'entrée du lycée, c'est un amphithéâtre.

Elles se séparèrent sur ces mots.

La salle KZ était un amphithéâtre de trois cents places. En le baptisant Kevazingo, le ministère de l'Éducation nationale honorait à travers l'arbre toute la forêt de Ndzobo. Après son pétrole, le pays était célèbre à travers le monde grâce à ses essences forestières. Le Kevazingo était l'une d'elles, tout comme l'Okoumé. Mais, contrairement à celui-ci, peu cher en raison de son abondance, celui-là était rare et mettait beaucoup de temps à arriver à maturité. Rouge, noir ou marron, ce bois était particulièrement prisé. Très dur et dense, il servait particulièrement à la fabrication des meubles chics.

Sur le chemin du retour, Ghélongo revint par la pensée sur la proposition de Bidona. Elle ne trouvait aucun inconvénient, son père arrivera du village le lendemain. C'était le seul parent qui lui restait, en dehors d'un vieil oncle très malade qui ne pourrait pas faire le voyage. Au lieu d'aller dormir à l'hôtel, comme le voulait son fils, il occupera la seconde chambre. Ainsi auront-ils le loisir de mieux se connaître. Cela avait plu à Bidona et, pour le lui manifester, il l'avait prise dans ses bras en murmurant : « Tu es vraiment merveilleuse, ton bon cœur est ce qui te sauvera ! » Ghélongo y pensait encore en marchant vers la station de taxis.

Mukobé, le père de Bidona, vivait en amont d'un fleuve affluant de l'océan. Un mois après la naissance du fils, sa femme décéda dans son sommeil. Pour y voir clair, il avait consulté des pygmées, tous avaient été formels : il descendait d'une famille maudite sur plusieurs générations ; son grand-père avait tué une personne au cours d'une rixe ; ayant refusé de payer le forfait, les parents de la victime, très remontés, avaient demandé à leurs ancêtres une sanction exemplaire contre l'indélicat et toute sa suite. Faute de remède, Mukobé traînait cet anathème dont il ne pouvait se défaire.

Ignorant totalement cette histoire Bidona avait foi en son existence. En invitant son père, il avait un double objectif : lui présenter l'élue de son cœur et avoir sa bénédiction pour l'État civil dont les démarches étaient engagées. Le mariage coutumier viendrait ultérieurement. Ghélongo avait perdu tous les siens, ne lui restaient que Tsanda et ses parents. Il faudra les impliquer, sans compter les pourparlers qui suivraient.

Le taxi déposa Ghélongo devant la maison qui, au lendemain de son arrivée, portait désormais son empreinte. Cherchant absolument à marquer l'esprit de sa fiancée, Bidona l'avait amenée choisir vaisselle, frigidaire, congélateur, mobilier de salon et de chambres. Tout était neuf à l'intérieur, tout était à l'image de la fille de Kina. Elle monta directement dans la seconde chambre, celle qu'occupera Mukobé. Un dernier coup d'œil, tout était parfaitement arrangé. Elle longea le couloir jusqu'à la porte de l'autre chambre.

Plantée devant le grand miroir, Ghélongo s'étonna des traits apaisés de son visage. Était-ce le résultat de sa rencontre avec la proviseure, l'arrivée imminente de son futur beau-père, ou bien les deux à la fois ? Elle passa la main sur son aine et sentit la serviette hygiénique. Depuis qu'elle était dans cet état, factice était son sourire et bas son moral. Ne pas trouver de réponse à ce phénomène l'irritait. C'est dans cet état d'esprit qu'elle était sortie ce matin. Elle conclut finalement qu'il y avait une relation entre la rencontre avec Mme Ambonguila et l'arrivée de Mukobé.

Le lendemain après-midi, Mukobé foula le seuil de la maison de son fils. Celui-ci et Ndéro avaient été l'accueillir au port. Sitôt assis, Ghélongo lui dit :

— Te voici chez toi, papa !

— Merci, ma fille !

Elle lui offrit un verre d'eau suivant les us et coutumes du pays. Ensuite, elle l'invita à l'étage et lui montra sa chambre.

— Descends dire à mon fils de monter avec mon bagage.

— D'accord, papa. Mais ne reste pas longtemps en chambre, nous allons passer à table. Si tu es fatigué par le voyage, tu te reposeras après.

— J'ai compris, ma fille, à tout à l'heure !

Quelques instants plus tard, le père et le fils descendirent. Autour de la table, il y avait en outre Ndéro. Le repas à peine entamé, Ghélongo sentit comme une déchirure au bas-ventre. Elle s'excusa et monta précipitamment dans sa douche. La petite culotte descendue, elle s'aperçut avec effroi que la serviette hygiénique était tout ensanglantée. Elle l'ôta et, comme sortant d'une blessure, le sang gicla. Elle poussa un cri de terreur que Bidona et les autres entendirent. Très rapidement, son fiancé avait accouru. Il la vit et s'effraya : le sol, les cuisses, tout était rouge de ce sang qui jaillissait. Prenant son souffle, il dit :

— Laisse-moi faire !

S'emparant d'une serviette de bain, il la mit entre les jambes pour stopper l'écoulement de sang. Au bout d'une dizaine de minutes, Ghélongo, apaisée, dit à son fiancé :

— Descends les retrouver, je reste à nettoyer le sol.

— D'accord, repose-toi après !

C'était la première fois que Ghélongo vivait un tel moment de frayeur. Elle finit le nettoyage et s'affala sur le lit. Sans le vouloir, des larmes coulèrent, en silence, suivies de sanglots qu'elle essayait d'étouffer pour ne pas alerter son fiancé. Descendu à la salle à manger, celui-ci dit à son père :

— Elle a un léger malaise, terminons le repas.

Mukobé était un paysan expérimenté. Ce type de malaise avait un nom : les menstrues ou la grossesse. Curieux comme un homme des bois, il voulut comprendre. Mais la présence de Ndéro lui commandait la patience. Après le repas, celui-ci prit congé. Alors, le père demanda :

— Qu'est-ce qu'elle a exactement ?

— Un léger malaise, cela lui passera.

— Ne me cache rien.

Bidona connaissait son père, tant qu'il a une idée derrière la tête, il ne cessera de l'importuner. Mais il se sentait obligé de le subir s'il voulait recevoir sa bénédiction.

— D'accord, père ! Comme je te l'ai dit au téléphone, je connais Ghélongo depuis un certain temps et nous nous apprécions mutuellement. La preuve est que pour sa première affectation, elle est venue me retrouver…

Mukobé regardait son fils, il écoutait son discours. De sa voix sortaient fierté, empressement et joie.

— Je travaille dans une compagnie pétrolière, le poste que j'occupe est très sensible et mes supérieurs n'ont pas une grande confiance aux célibataires…

Il se leva et servit le digestif. Le vieil homme appréciait surtout le rhum sec après le repas, arguant ainsi combattre ses rhumatismes. Alors qu'il l'avalait, Bidona continua :

— Je t'ai appelé pour te présenter ma fiancée, tu l'as connaîtras, tu béniras notre futur mariage civil.

— As-tu terminé ?

— Oui !

— Non, tu n'as pas terminé. De quoi souffre-t-elle exactement ?

Bidona lui raconta l'extraordinaire retour des menstrues de sa fiancée, ainsi que cette coulée abondante de tout à l'heure.

— A-t-elle l'habitude de vivre cette situation ?

— Non, c'est bien la première fois, à sa grande surprise !

Troublé, Mukobé se leva. De toute sa vieille vie, il n'avait entendu parler d'un fait pareil. Les paroles des différents pygmées consultés résonnaient encore dans sa mémoire. La malédiction atavique serait-elle à l'origine de ce phénomène ? Il fit quelques pas dans le salon puis revint s'asseoir. Bidona lui demanda :

— Père, est-ce un problème grave ?

Ne sachant quoi lui répondre, il demanda une autre dose de rhum. Alors qu'il la portait aux lèvres, il réfléchissait. Son fils gagnerait pourtant à connaître la vérité sur le décès de sa mère. Mais, était-il assez fort pour la supporter ? Comment réagira-t-il, lui qui n'avait pas encore trente ans ?

— Père ?

— Excuse-moi, mon garçon !

Il redéposa le verre et lui expliqua :

— Les menstrues sont une saleté, un sang sale, une malédiction. À mon époque, nous faisions chambre à part quand la femme avait ses règles. Ce qui n'est plus le cas aujourd'hui !

Bidona avait un grand respect pour son père, dont il admirait la moralité. Après la mort de sa femme, la belle-famille lui avait proposé une autre pour élever le bébé. Mukobé avait refusé, arguant qu'avec les sentiments, on ne pouvait négocier. Il avait préféré que sa propre grande sœur s'en occupât jusqu'à l'adolescence. Bidona l'avait su en grandissant. Et, avec le temps, son père avait gagné une grande place dans son cœur.

— Mon fils, aussi longtemps que la situation de ta fiancée perdurera, ne l'épouse pas. Je n'ai vraiment rien contre cette fille, elle est si aimable et si polie ! Mais attendre que passent les menstrues est plus sage. Suis mon conseil, c'est pour ton bien.

Il vida son verre et en redemanda. La tête lourde et les nerfs en feu, Bidona s'exécuta. Il promit d'obéir. Il saura trouver les mots pour expliquer à sa fiancée la raison du report du mariage. De toute manière, vu le contexte, elle ne pourrait qu'y adhérer.

— Père, tu vas monter dans ta chambre te reposer. Lundi dans l'après-midi, il y a un bateau pour ton retour.

— J'accepte de retourner. Au village, des travaux de réfection de ma case m'attendent. J'ai besoin de la tôle, de la peinture, du ciment et du contreplaqué.

— Demain nous irons ensemble les acheter.

Ghélongo dormait quand il entra dans la chambre. Assis à côté d'elle, il l'observa. Les traits du visage, le cou de girafe, le corps de sirène, le teint d'argile cuite… Bidona n'avait jamais eu le loisir de la voir endormie. Il chancela devant cette beauté quasi parfaite. Comment un corps aussi délicat pouvait-il porter une telle affection ? Son ardent désir d'elle, il lui fallait le mettre entre parenthèses et souffrir le martyre ! Il détourna son regard, courba la tête et se prit le visage dans les mains. Son père venait de parler de la malédiction attachée à une femme en période de menstrues. Homme de tradition, Mukobé méritait la vénération. Bidona ne pouvait que lui obéir. « À mon époque, nous faisions chambre à part quand la femme avait ses règles. » Les paroles du paysan revenaient en boucle dans l'esprit de l'enfant. « Moi aussi, à partir de ce moment, je ferai lit à part tant que ma femme a ses règles ! », jura-t-il dans son cœur. Ghélongo ne dormait plus. Disciple de la plante et de la vague, du fond de son sommeil, elle avait senti la présence tourmentée du fiancé, elle avait ouvert à demi les yeux et le regardait. L'arrivée de Mukobé avait forcé l'écluse, l'eau retenue était en train de nettoyer les incertitudes qui obstruaient l'avenir. Au même instant, l'image de la proviseure du lycée Ngowa se forma dans l'esprit de la fille de Kina. Il y avait donc réellement un lien entre l'arrivée de son futur beau-père et Mme Ambonguila ! Tout était encore flou dans sa compréhension.

— Vous avez fini de manger ? demanda-t-elle.

Bidona sursauta et se tourna le visage vers sa fiancée.

— Tu ne dors plus ? Je n'ai pas voulu te déranger, chérie. Oui, nous avons bien mangé. Ndéro est rentré chez lui et papa se repose. Et toi, comment te sens-tu ?

— Assez, lasse, mais ça va aller.

Ayant cherché et trouvé les mots appropriés, il lui dit :

— Ne prends pas ça mal, mais il faut que je te parle, puis-je ?

— Oui, tu peux !

— Papa, à qui j'ai expliqué ton état actuel, m'a dit ceci : il renvoie la bénédiction à plus tard, parce qu'aucune bénédiction ne peut avoir lieu quand la femme a ses menstrues ; pour la même raison, nous renvoyons aussi le mariage.

— Si la tradition le dit, nous ne pouvons que suivre.

— Il y a autre chose.

— Quoi ?

— Tant que tu es dans cet état, nous ne dormirons pas dans le même lit.

— Cela va de soi, je m'incline.

— Oh, mon amour, tu es un ange !

Il l'embrassa et se leva.

— Repose-toi maintenant.

— Où vas-tu ?

— Acheter un lit de camp.

— Prends soin de toi, mon chéri !

— Oui, aucun souci.

Restée seule, Ghélongo décrocha son téléphone et appela Tsanda. Elle lui raconta l'arrivée de Mukobé et son conseil à son fils. Celle-ci lui répondit :

— Cet homme ne fait que lire la tradition. Les menstrues sont constituées de déchets d'un sang mort. Pour un homme, rentrer en contact avec les règles d'une femme est une véritable malédiction.

— Il me l'a expliqué et j'ai compris.

– Et toi, comment est ton moral ?

– Très bas !

— Cela passera !

— J'ai voulu d'une autre vie, Tsanda, pas de celle-ci !

— Tu es en grande partie responsable de ta situation. Pourquoi refuses-tu de me confier ton souci ? Et pourtant tu as entendu parler Nima !

— Comment me regarderais-tu après ?

— Je ne te comprends pas, sois plus claire.

— Laisse tomber !

Tsanda comprit qu'à trop forcer, elle n'obtiendra rien. Elle parla autrement.

— Bidona n'a rien dit à propos de la bague ?

— Il n'a rien remarqué.

Prétextant un malaise, elle dit au revoir et raccrocha.

Les jours coulaient au rythme des menstrues. Ghélongo, serrant les dents, souffrait en silence le martyre. La rentrée des classes ajouta à son malaise. Si elle assumait avec grande maîtrise ses enseignements, sa peine ne passait pas inaperçue au regard de Mme Ambonguila. Elle la convoqua dans son bureau. Assise en face sur l'une des deux chaises, Ghélongo attendait, inquiète.

— Vous êtes une excellente professeure, dit la proviseure au bout d'un moment. Cela confirme ce qui est écrit sur votre dossier. Le rôle d'un chef d'établissement est de vérifier si l'esprit du dossier correspond à la réalité sur le terrain. On ne juge l'enseignant qu'au pied du tableau. Félicitations !

— Merci, madame !

Un brouillard électrique fumait sur le buffet. La proviseure sortit des tasses et lui proposa un thé. Alors qu'elles le prenaient, le surveillant général entra et déposa sur la table la chemise cartonnée qu'il avait dans la main, et ressortit.

— Vous devez comprendre qu'un chef d'établissement a des yeux et des oreilles partout. C'est ce qui lui permet de gérer les élèves et les enseignants. Puisqu'il lui est impossible d'être partout à la fois, ses administrés sont ses relais.

Elle dit et jeta un regard rapide dans la chemise déposée sur la table. Espiègle, elle se tourna vers Ghélongo et dit :

— Je ne vous ai pas appelée pour vous offrir un thé. Vous considérant comme une cadette, mon devoir outrepasse la relation professionnelle que nous avons. Vous traînez un souci, et ce souci vous assombrit. Êtes-vous malade ?

Ghélongo ne s'attendait pas à cette question. Elle baissa son regard avant de le porter sur la fenêtre aux rideaux roses, frémissants dans le vent du ventilateur. De l'autre côté luisait un soleil encore timide. Elle respira fort avant de dire :

— Le premier jour, vous m'avez demandé de me rapprocher de vous au moindre souci. J'avoue que mon éducation m'a freinée…

Une larme coula qu'elle s'empressa d'essuyer du revers de la main. Elle raconta son martyre. À la fin, Mme Ambonguila lui dit :

— Ce qui nous arrive, en bien ou en mal, le Seigneur suit forcément. Il intervient selon que vous avez un bon ou un mauvais cœur. Sachez que dans vote cas, ce mal est certainement nécessaire, sinon on ne comprendrait rien !

— Pensez-vous sérieusement que ces menstrues pourraient m'être salutaires ?

— Vous êtes professeure de philosophie, vous devez avoir lu Albert Camus qui a beaucoup écrit sur l'absurde.

— Je sais, l'absurde se traduit par une idée dont l'existence paraît injustifiée…

— Et j'ajoute : est absurde ce qui échappe à toute logique humaine. C'est la difficulté de l'Homme à comprendre le monde dans lequel il vit. Nous faisons comme si l'intelligence de Dieu est la nôtre. Au lieu de pleurer, vous devez assumer et chercher à comprendre. Qui sait ? Certainement que votre fiancé n'est pas le mari qu'il vous faut.

— Le pensez-vous sérieusement ?

— Je n'en ai aucune certitude, j'essaie seulement de comprendre en fonction de mon expérience. Dieu nous parle de différentes manières, mais nous refusons de comprendre, aliénés par une mentalité primaire. Souvent, et cela pourrait être votre cas, Il crée une situation qui nous amène à rebrousser chemin, à nous remettre sur la bonne voie.

— Merci, je suivrai votre conseil !

— Ce que Dieu a décidé se réalise toujours, pensez-y.

Une pensée lui traversa alors l'esprit. Devait-elle oser ? Une voix intérieure vivement le lui conseilla. Cette femme d'expérience, certainement mise sur son chemin par l'Esprit qui la soutenait, était mieux placée pour lui donner le conseil l'ultime. Mme Ambonguila la regardait se débattre avec cette conscience primaire dont elle avait du mal à se défaire. Elle lui dit :

— Petite sœur, ouvre-moi ton cœur, n'attends plus !

Ce tutoiement était pour elle une libération. Elle commença à raconter son histoire, depuis l'accident qui avait emporté ses parents. Et sa rencontre avec

Tsanda ; et les sentiments réciproques qui la liaient à Tsinga, l'oncle de sa meilleure amie ; et son angoisse d'être par elle rejetée ; et la rencontre de Bidona qui se présentait finalement comme une fuite ; et l'arrivée des menstrues ; et le conseil de Mukobé.

Mme Ambonguila se leva, vint la prendre dans ses bras pour la réconforter. Elle s'assit avec elle sur la seconde chaise et lui dit ceci :

— Tu es la petite sœur que je n'ai jamais eue, ta moralité est sublime, tu ne mérites pas de sombrer comme moi. Si nos chemins se croisent aujourd'hui, j'ai l'intime conviction que c'est voulu par le Très-Haut…

Allégée de ce poids qui lui empêchait l'envol, Ghélongo écoutait.

— Mon grand frère avait un ami d'enfance, poursuivit Mme Ambonguila. Cet ami me faisait la cour et j'ai fini par l'aimer à mon tour. Mais nous ne pouvions pas vivre notre amour. Il insistait et je résistais. « Pourquoi ? », m'avait-il demandé en larmes. « Que dirait mon grand frère, ton ami ? », lui avais-je répondu. « Voudrais-tu que je lui dise la vérité ? », m'avait-il priée. « Non ! », avais-je dit, catégorique ; j'avais vingt-cinq ans et lui trente ; je redoutais le jugement des familles, qui se connaissaient et se fréquentaient…

À ce niveau du récit, elle fondit en larmes. Très émue, Ghélongo sortit son mouchoir, épongea le visage de cette aînée ravagée par le passé. Elle s'en excusa avant de continuer :

— Trois jours après cet entretien, il se donna la mort en absorbant une forte dose d'eau de javel ; un mot trouvé à ses pieds expliquait son amour impossible pour moi ; le lendemain, mon grand frère mourait à son tour, fauché par un camion…

De nouveaux sanglots lui nouèrent la gorge. Cette fois-ci, elle-même s'épongea le visage avec le mouchoir de Ghélongo qu'elle avait dans la main. La fille de Kina était fortement émue devant cette femme dont le corps était secoué de frémissements. Elle dit encore :

— Depuis cette tragédie, j'étais très angoissée et j'avais perdu le sommeil ; mes parents, très inquiets, m'avaient conduite chez un prêtre exorciste dont la vision fut implacable : ce jeune homme et moi devrions nous marier ; son rapprochement avec mon grand frère n'était qu'un plan de rencontre initiée par le Seigneur…

Le surveillant général revint dans le bureau. Comprenant que l'instant était inapproprié, il retourna sur ses pas sur la pointe des pieds. Mme Ambonguila, n'ayant rien remarqué, dit encore :

— Ma fille, prends ton courage et ouvre ton cœur à Tsanda avant qu'il ne soit trop tard. Elle est la voie que Dieu a ouverte afin que son oncle te rencontre. Depuis cette tragédie, j'ai eu du mal à me caser avec un homme, ça ne marchait pas, mon dernier mari dont je porte encore le nom m'a quittée sans raison apparente, je porte la guigne. Je ne voudrais vraiment pas que cela t'arrive.

— Alors, comment me comporter vis-à-vis de mon fiancé ?

— Mon intuition me dit que ta relation avec Dieu est si étroite qu'il a déjà pris les choses en main. Surtout, ne brusque rien, regarde-le agir.

— Merci, Mme Ambonguila !

— Plus de vouvoiement quand nous sommes seules, tu as compris ?

— J'ai compris !

Elles se donnèrent l'accolade. La Ghélongo qui ressortait du bureau et celle qui y était entrée étaient différentes. Les pas qu'elle alignait en s'éloignant la rapprochaient davantage de Mme Ambonguila. À travers leurs larmes, les deux femmes étaient désormais parentes. La fille de Kina avait ceci de spécial que partout où elle passait on lui ouvrait la porte.

XVII

On avait fini de fêter le nouvel an. Au beau milieu de janvier, Bidona et Ndéro furent licenciés pour détournement. La compagnie pétrolière donna à l'indélicat un délai de deux semaines pour libérer la maison. Grâce à Mme Ambonguila, Ghélongo obtint un appartement de trois chambres dans l'immeuble de l'éducation nationale.

Un mois après son installation, elle appela Tsanda et lui raconta enfin ce qui lui était arrivé : Bidona avait perdu son emploi et par conséquent, sa maison de fonction ! La nièce de Tsinga était malheureuse pour son amie qui, après les menstrues dont elle souffrait toujours, était confrontée à un autre ennui.

— As-tu trouvé un logement ?

— Oui, le lycée nous a logés.

— Et ton chéri, a-t-il le moral ?

— Il conteste l'accusation.

— Que lui reproche son employeur ?

— Un détournement de fonds !

— Cette histoire n'est pas claire !

Bien vite, Ghélongo changea de sujet en lui demandant :

— As-tu trouvé un locataire ?

— Finalement, j'ai adhéré à une merveilleuse idée de Yanza. Au lieu de faire louer, nous y avons emménagé. Au lieu de 450 000 francs mensuels, ses parents paient 500 000 francs. Ils nous logent pendant deux années, le temps de mieux nous organiser. Nous resterons chez toi jusqu'à ton retour.

— Transmets mes remerciements à ton fiancé.

— Oui, je ne manquerai pas. Il t'apprécie beaucoup, tu sais !

— C'est gentil de sa part ! Dis-lui que c'est réciproque.

Ghélongo était sincèrement contente, non pour le loyer, mais parce que Yanza était cet ange dont son amie avait grand besoin. Dans son esprit et dans son cœur, générosité et humilité allaient de pair. Puisse leur descendance bénéficier des qualités de leurs parents !

— Comment Bidona occupe-t-il son temps à présent ?

— Il a fait le tour des autres compagnies pétrolières dans l'espoir de trouver du travail. Mais toutes lui ont fermé leurs portes.

— Cela était prévisible ! Mbazambua est une ville étroite où les informations circulent très rapidement. La comptabilité est un poste sensible, on n'y embauche pas les indélicats. Je ne pense même pas qu'il puisse trouver facilement un travail là-bas !

Ghélongo partageait l'analyse de Tsanda et s'en réjouissait. Elle avait encore en mémoire les paroles de Mme Ambonguila, femme d'expérience, dont l'intuition rencontrait la vision de Nima et Mughési. L'idée lui vint de se rapprocher de Tsinga pour lui demander une autre faveur. Cela lui permettrait de vérifier si ses sentiments pour elle étaient encore intacts. Elle dit à Tsanda :

— Passe une excellente journée auprès de ton chéri.

— Merci, mon amie et sœur !

Ghélongo raccrocha et se leva pour aller changer de serviette hygiénique. Le saignement constant ne l'effrayait plus, elle l'avait déjà intégré dans son esprit comme une volonté de Dieu. Une demi-heure après, elle appela Tsinga. C'était la première fois, depuis qu'elle était à Mbazambua.

— Allo, c'est Ghélongo !

— Cela fait du bien de t'entendre, enfin !

— Oui, je sais ! Un jour, tu comprendras…

— J'espère que tu vas bien ?

— Si l'on veut, oui !

— Je te sens tourmentée, as-tu un problème ? Ta proviseure t'apprécie pourtant, selon mes sources !

— Sur le plan académique, ça va, mais ailleurs, j'ai des ennuis !

Elle les lui détailla calmement et sincèrement : les menstrues qui n'arrêtaient plus de couler, le fiancé qui cherchait un nouvel emploi… Comme c'était souvent le cas chez les hommes de Ndzobo, elle s'attendait à des railleries. Elle lui avait caché la raison de son départ à Mbazambua, elle ne l'avait même pas appelé pour le remercier… Le cœur de Ghélongo battait.

— Je ne le fais pas pour toi uniquement, mais aussi pour ce jeune homme qui mérite une seconde chance, voire une troisième. S'il a détourné réellement, c'est pour toi certainement. Tu es très précieuse. Sans une foi en Dieu, on volerait, on tuerait même pour te posséder…

Par les expressions « on volerait » et « on tuerait », Ghélongo comprit que l'amour qu'il avait pour elle était resté intact. Son calme venait de sa maîtrise de soi, elle le sentait à sa respiration hachée.

— Le problème, c'est le détournement. Aucune société sérieuse ne pourra plus l'embaucher au même poste. Envoie-moi néanmoins son dossier.

— As-tu un mail ?

— Je te le donne par Whatsapp.

— Merci !

— Rien n'est encore gagné.

— Il faut être optimiste.

Ils se quittèrent sur ces mots. Elle avait transformé l'une des deux chambres inoccupées en bureau. Il y avait, entre autres, un ordinateur et une imprimante avec scanner. Tsinga envoya son mail. Ghélongo s'activa à lui expédier le dossier scanné. Sur ces entrefaites, Bidona entra dans la pièce.

— J'arrive du port, la période est difficile. Même les bateaux de pêche n'embauchent pas.

Elle lui expliqua :

— Je viens d'envoyer ton dossier à Iso chez l'oncle de Tsanda.

— Celui-là même qui a défendu ton affectation auprès de l'IDA ?

— Oui.

— Que dit-il ?

— Il faut croiser les doigts.

— Merci, chérie !

— Te voir tourner en rond me fend le cœur.

— Désolé de te faire vivre ce calvaire !

— Quand je pense qu'à pareil instant, nous serions déjà mariés !

Ses yeux larmoyèrent. Il les épongea avec ses paumes. En ce moment-là, ils entendirent sonner. Bien vite, le couple changea d'attitude et sortit de la pièce pour la salle de séjour. Bidona alla ouvrir. C'était Mme Ambonguila.

— J'ai oublié d'appeler avant de monter !

— Vous êtes chez vous, madame !

Ils se donnèrent l'accolade et vinrent ensemble jusqu'à Ghélongo.

— Quelle surprise madame ! dit-elle avec le sourire.

— Je passais, et l'idée de monter m'est venue.

Elles se donnèrent la bise.

— Asseyez-vous, je vous en prie !

Elle prit place avec Ghélongo sur le canapé. Son regard allait d'un coin de la pièce à un autre : les rideaux d'un bleu clair, le plafond ivoirin, le bois des fenêtres en harmonie avec celui du mobilier…

Un intérieur bien soigné, qu'agrémentaient des tableaux et un bouquet de fleurs fraîchement coupées.

— On se sent bien chez vous !

— Merci ! dit Bidona.

La première fois qu'elle était montée ici avec Ghélongo, l'appartement était encore vide. La fille de Kina sortit une assiette d'arachides et un jus de mangue. Pendant la collation, Mme Ambonguila observait l'homme assis en face d'elle. C'était une âme naturellement simple et bonne, mais corrompue par un élément extérieur, une entrave qui ne permettait pas un réel envol. Aucun effort, aucune aide ne pourrait extraire Bidona de cette gangue. À l'intensité du regard, Ghélongo sut que la proviseure tentait de comprendre quel homme était son fiancé. Elle vit sa gêne et tenta une diversion :

— Madame, a-t-on colmaté la brèche sur le toit de la salle KZ ?

— Les tâcherons sont à l'œuvre.

— Les orages d'ici sont aussi violents qu'à la capitale !

— À l'instar des autres pays équatoriaux, Ndzobo a des ouragans violents.

Bidona vida son verre, s'excusa et descendit marcher dans la cour. Depuis qu'il était au chômage, il avait découvert dans l'alcool un moyen d'oublier et de supporter son ignominie. Depuis que Ghélongo avait menacé de le quitter s'il n'arrêtait pas de boire, il marchait beaucoup et cela calmait ses nerfs.

— Tu l'as mis mal à l'aise !

— Oui, je l'ai réalisé à ta question, excuse-moi !

— Il me fallait oser, et tu as compris.

— Tu as cherché à me distraire, la salle KZ n'a subi aucun dommage !

La différence d'âge n'étant pas une entrave, elles étaient vite devenues d'excellentes complices. Les vagues de l'océan battaient dans le lointain une douce mesure. Elles vinrent s'accouder à la fenêtre afin de savourer ensemble ce chant des profondeurs. La première réaction vint de Ghélongo :

— Entends-tu le lointain murmure de l'onde ?

— Oui, un murmure sourd !

— Mais, le comprends-tu ?

— Non !

Elles aperçurent nettement Bidona qui errait sous les palmiers. Sa fiancée lui fit un grand signe de la main en criant son nom. La lumière du jour et la sourde clameur des tisserins l'empêchaient de voir et d'entendre. Un nuage sombre dérivait de l'est sur la ville, annonçant une belle tornade. Ghélongo avait peur pour son fiancé.

— Que dit le murmure de l'onde ?

— Ce murmure est une réunion des habitants de l'océan. Ils discutent de la meilleure méthode pour faire face à cette tempête qui arrive de l'est. Les dégâts créés par les intempéries sont dix fois plus néfastes chez eux que sur le continent.

— Comment sais-tu cela ?

— Je ne sais rien, il m'arrive d'inventer des histoires pour tromper mon malaise et mon inconfort.

Mme Ambonguila mesura chez elle l'étendue de la détresse. Comme toutes étaient debout côte à côte, elle passa son bras autour de sa taille. Un geste que Ghélongo apprécia fort bien, c'était une belle assurance. Il ne viendrait donc pas à la proviseure de prendre au sérieux cette confidence. Le nuage continuait sa lente progression sur la ville, Bidona continuait sa lente marche sous les palmiers. Toujours reliées par le bras autour de la taille, les dames l'observaient. Un gamin portait une cuvette sur la tête, l'homme lui acheta un paquet et continua son errance. Ghélongo dit à sa voisine :

— Je parie que c'est un paquet de cola !

— De cola ?

— Depuis qu'il a cessé de boire, il en consomme de temps en temps.

— C'est quand même une drogue, bien que de peu d'effet !

— Si je tolère, c'est aussi pour son bien.

— La cola chasse le sommeil.

— Dormir trop l'angoisse.

— Vraiment ?

— Il a peur de mourir dans le sommeil.

Affligée, Mme Ambonguila comprit que cette cadette intime méritait assistance. Gérer Bidona c'était soigner un grand malade, et ce n'était guère une sinécure pour une jeune enseignante. De l'est, le nuage continuait à glisser vers la ville. De la fenêtre, elles continuaient à suivre Bidona dans son errance.

— Regarde-le, dit Ghélongo, il s'est arrêté devant une marchande de poches d'eau. Il va certainement lui en prendre une… Oui, il met la main dans la poche… Le voilà qui compte des jetons !

— Boire de l'eau quand on a mâché la cola rend la bouche agréable.

— Il traverse la rue… Il a pris la direction de la maison !

— Tu avais peur pour rien. Dès qu'il monte, nous descendons voir ma maison. Tu n'as jamais été chez moi, alors que nous habitons la même cour.

— Avec plaisir !

Effectivement, Bidona ne tarda pas à monter. Avant de sortir, Ghélongo se changea, car sa serviette hygiénique était trempée. La proviseure habitait une villa de quatre chambres au sein de l'établissement. Un cuisinier, un chauffeur et une femme de ménage lui étaient payés par l'éducation nationale. N'ayant pas d'enfant, elle vivait avec les trois filles de son oncle, élèves de 1ère, de 2nde et de 4ème. En cette fin d'après-midi, elles travaillaient dans les chambres.

— Venez saluer Mme Ghélongo ! cria la tante du couloir.

Elles arrivèrent sur la terrasse arrière où les deux femmes s'étaient installées. Elles avaient l'allure des nonnes et la politesse des filles bien élevées. Elles étaient propres dans leurs robes de maison. Elles saluèrent et se tinrent à distance, attendant que Ghélongo fît le geste qu'il fallait. Instantanément, celle-ci leur tendit la main. Azilino, Edima et Zima étaient les produits cette tante qui les avait enlevées très jeunes à leurs parents. Mme Ambonguila les façonnait comme des filles qu'elle n'avait jamais eues. La première avait seize ans, la deuxième quatorze ans et la dernière douze ans.

— Elles seront comme toi !

— Mon souhait est qu'elles soient mieux que moi ! C'est la raison pour laquelle je les dresse suivant cet objectif. Les résultats sont patents, chacune est parmi les meilleures, sinon la meilleure de sa classe.

Azilino, l'aînée, regardait Ghélongo et n'arrêtait pas de sourire en murmurant à l'oreille d'Edima. Les fauteuils étaient vides. Elles restaient debout, n'ayant pas reçu l'autorisation de s'asseoir.

— Madame ? osa l'aînée.

— Oui ? répondit Ghélongo.

— Je serai comme vous !

— Comment cela ?

— Je serai professeur de philosophie.

Elle sourit avant de dire :

— Le désir d'enseigner cette matière m'est venu au contact de ma professeure. Mais toi que je vois pour la première fois, comment vouloir me ressembler, alors que tu ne m'as jamais rencontrée ?

— Je travaille avec Bingangoyi, une de vos élèves. Elle parle de vous avec admiration. À force de l'écouter, je suis devenue une de vos adulatrices !

Mme Ambonguila intervint en disant :

— Je n'ai pas eu trop de peine à te suivre, Ghélongo. J'avais autour de moi tes disciples qui me traçaient chaque fois la courbe de tes exploits !

Puis, elle demanda à ses jeunes cousines de repartir. Son grand cœur et son goût de la perfection étaient les sièges de sa générosité. En son for intérieur, Ghélongo souhaita d'avoir des enfants aussi beaux, à qui elle donnerait pareille éducation. Elle ferma les yeux et supplia Dieu de valider son vœu. Le nuage avait progressé, menaçant de son ombre le mont Ngowa et toute la ville. C'est à cet instant que le clocher de la mission catholique se mit à carillonner.

— Il est 18 heures, dit la proviseure.

— À quoi le vois-tu ?

— Le clocher appelle les fidèles toujours à 18 heures.

— Les vagues de la mer ont aussi fait silence.

— Les habitants de l'océan ont donc trouvé un terrain d'entente.

Elle le dit en fixant sa voisine. Dans ses yeux perlait une brillante plaisanterie que celle-ci appréciait d'ailleurs. Ainsi le secret de sa vie restait bien gardé. Elles se levèrent au moment où les filles revenaient rentrer le mobilier. Le nuage flottait, terrible et ténébreux, sur le mont Ngowa et sur la ville. Prudente comme la défunte Kina, Ghélongo reprit le chemin de son appartement.

XVIII

Contre le bois de la fenêtre soufflait le vent, toujours assez fort sur le mont Ngowa. Bidona plia son lit de camp et le rangea. Immergée dans les draps, Ghélongo dormait encore. Il quitta la chambre pour le salon et ouvrit la fenêtre. En ce dimanche débutant, la ville minière commençait à se mouvoir. Bidona passa une main sur son visage. Le vent entrait en lui par les yeux, le nez et les oreilles. Cela lui plaisait, car il avait encore la fatigue d'une nuit sans sommeil. Le grand vent dans son visage le revigorerait. Finissait la première semaine de janvier, anniversaire de son exclusion de Poba.

— Chéri, tu vas attraper froid !

Il ne l'avait pas entendu arriver. Elle lui prit le bras et il ne résista pas.

— Allons à la douche.

Il se laissa entraîner. Elle lui enleva le pyjama et le regarda se laver. Ce corps hier robuste et bien soigné avait perdu de sa santé. Quelque chose s'était envolé que seul un emploi pouvait ramener.

— As-tu des nouvelles de l'oncle de Tsanda ?

Ghélongo ne répondit pas tout de suite. Elle avait voulu relancer Tsinga plusieurs fois, mais toujours s'était retenue. Maintenant que l'intéressé lui posait la question, que lui répondre ?

— Je me souviens qu'il avait dit que ton dossier avait peu de chance d'aboutir… Je me souviens aussi qu'il m'avait dit qu'il ferait de son mieux pour nous aider. Je le connais, faisons-lui confiance.

— Je ne peux plus supporte, je vais mourir !

— N'utilise pas le langage des extrêmes, tu es jeune encore, rien n'est perdu.

Elle l'assista jusqu'à la fin de sa douche et le remplaça ensuite. Le petit déjeuner fut pris dans une atmosphère chagrine. Cette nouvelle année à Mbazambua n'augurait rien de bon. Ghélongo redoutait l'attitude suicidaire de son compagnon. Que ferait-elle si, contre toute attente, elle se retrouvait avec un décès dans les bras ? Elle prit son téléphone avec l'intension d'appeler Tsinga. Mais voici que l'appareil sonna. C'était, à sa grande joie, l'oncle de Tsanda.

— Allo, c'est toi ?

— Je ne t'ai jamais oubliée, Ghélongo.

— Je sais, la confiance est toujours là…

— J'ai décroché pour ton compagnon une promesse d'embauche.

— Mon Dieu, sois béni !

— Ce n'est encore qu'une promesse.

— Elle est assez importante pour le retenir sur le bord de l'abîme. Je suis incapable d'organiser des obsèques dans une ville où je suis étrangère.

— Passe-le-moi.

Bidona prit le téléphone. Au fur et à mesure que coulaient les minutes, son visage reprenait forme humaine. Depuis combien de temps le sourire avait-il déserté ses lèvres? Bidona rayonnait. La conversation terminée, c'est un autre homme qui remit l'appareil à Ghélongo.

— Quelle bonne nouvelle lui as-tu donnée?

— En juillet prochain, un poste administratif va se libérer à la direction de Punga, la société pétrolière concurrente de Poba. Celui qui l'occupait depuis une trentaine d'années sera retraité. Si ton fiancé passe l'entretien, il sera retenu.

— A-t-il une chance?

— Sais-tu combien ils seront?

— Dix, quinze?

— Une centaine! Dans ce type de recrutement, il faut avoir le Seigneur avec soi. Il agira pour toi par l'intermédiaire d'une autre personne.

— Il déborde de joie!

— Je lui ai dit la vérité. Dieu lui donne une autre chance, car tu es le remède à tous ses ennuis. Aussi longtemps qu'il t'aura à ses côtés, il bénéficiera de l'appui du Seigneur, car tu es réellement l'élue!

— Tu lui as dit tout ça?

— Il est là?

— Non, dès qu'il m'a remis le téléphone, il est descendu marcher dans la cour. C'est ce qu'il fait toujours au comble de la tristesse ou de la joie. Mon compagnon est ce gamin qui exprime bruyamment toutes ses émotions.

— Oui, je lui ai dit tout cela.

— Tu ne crains donc pas de me perdre ?

— Mon amour pour toi ne m'interdit pas de faire du bien, même à un ennemi, même à ton fiancé Bidona. Si je te perds, c'est que Dieu l'aura permis.

— Fataliste ?

— Plutôt réaliste !

Elle avait l'impression d'entendre un saint homme. Ces mots dits sans passion achevaient de la convaincre. Sa réserve traduisait mieux l'état de son cœur. Tsinga, c'était l'homme de sa vie. Il dit encore :

— Bidona est attendu le 15 juillet prochain pour cet entretien.

— Ne t'en fais pas, il y sera, et moi avec lui !

— Voudrais-tu que j'arrange ton retour à la capitale ?

— Oui, s'il te plaît !

— Et dans ce cas, où souhaites-tu enseigner ?

— Est-il trop tard pour intégrer Iyona ?

— Non, je vais donc arranger tout cela.

Ainsi conclurent-ils. Pris dans une atmosphère chagrine le petit déjeuner se terminait en beauté. Le même vent battait les mêmes fenêtres. Ghélongo déposa son téléphone et s'étira longuement. Pour la première fois, elle voyait enfin son avenir resplendir, tel qu'annoncé par les génies et les sages. Quand elle sentit sa serviette hygiénique mouillée, elle courut dans la joie la changer. Elle était maintenant certaine : ce cycle perturbé redeviendra bientôt un cycle normal. Ce n'était plus qu'une question de temps. Et elle se concentra au pied du lit, et par l'esprit remercia le Seigneur qui ne l'avait jamais oubliée. Cette adoration était assez longue et profonde, à l'instar d'une envolée de colombes. En retour, elle perçut clairement des épousailles magnifiques où Tsinga et elle étaient les élus, où Mughési officiait en maître de cérémonie. Elle vibra d'émotion et de satisfaction. Combien de temps était-elle ainsi prostrée au pied du lit ?

— Chérie ?

Elle émergea, surprise de voir Bidona. Comme elle, il rayonnait, mais pas du même éclat. La lumière sur le visage de son compagnon avait pour assise le monde extérieur, fait de bric et de broc, de vaines vanités. La sienne était d'une autre dimension, car aboutissement d'une quête éprouvante menée dans des conditions d'extrême pureté.

— Tu es revenu ? dit-elle en se relevant.

— Tu priais ?

— Je rendais grâce au Seigneur. Tu devrais en faire autant !

— Pourquoi donc, puisque tu le fais déjà ! Ne sommes-nous pas ensemble ?

Elle se tut, craignant de brouiller cet élan d'allégresse qui le poussait maintenant dans tous les sens.

— Ne me cherche pas, je suis chez Ndéro.

— Tu as intérêt à ne rien ébruiter, rien n'est encore acquis.

— Tu peux me faire confiance.

Et il s'en alla. Restée seule, elle chargea la machine à laver et s'installa sur la terrasse, face à la mission catholique voisine. Ghélongo réfléchissait à ce qu'elle dirait à Mme Ambonguila. Devait-elle déjà lui parler de sa conversation avec Tsinga, ou attendre le début du dernier trimestre ? On sonna à la porte. Elle se leva et alla ouvrir. C'était Azilino, la plus âgée des nièces de la proviseure.

— Bonjour, madame.

— Bonjour, et entre !

— Mais je ne suis pas venue pour rester.

— Tu as un message ?

— Oui. Maman vous invite à midi, vous et votre fiancé.

— D'accord, dis-lui que nous descendrons à l'heure dite.

Alors que repartait la petite, Ghélongo tenta de joindre Bidona. Une fois, deux fois, voire trois fois, ça sonnait, mais il ne décrochait pas. Elle lui laissa un message audio. Quand midi sonna, elle descendit seule chez Mme Ambonguila.

— Je suis seule, expliqua-t-elle, il était déjà sorti quand la petite est arrivée.

— C'est bien dommage !

— Quand il entendra mon audio, il viendra nous retrouver.

Soucieuse de voir cette jeune et brillante enseignante aux prises avec autant d'ennuis, elle avait prié son oncle d'embaucher Bidona dans sa menuiserie. Cet entretien s'était passé la veille et le père de ses nièces avait accepté. Ne connaissant rien dans les métiers du bois, le fiancé de Ghélongo devait assister le chef du personnel jusqu'à son départ à la retraite, en fin d'année. Un arrangement de ce type était toujours mieux autour d'un repas. Ghélongo écoutait avec une grande attention.

— Attendons donc qu'il nous rejoigne, dit-elle.

— Alors, continuons notre repas !

Le bouillon de carpes et la banane constituaient l'essentiel du déjeuner. Les filles mangeaient sur une table voisine. Tout était fait de telle sorte qu'elles ne pussent pas suivre la conversation des grandes personnes. Ghélongo savait que son fiancé ne voudrait jamais gâcher la promesse de Tsinga pour un emploi dans une menuiserie de province. Elle était tout à fait sereine et mangeait avec grand appétit. En femme d'expérience, Mme Ambonguila la railla ainsi :

— Pour avoir un si bon appétit, tu dois avoir reçu une sacrée nouvelle ! Dis-moi, cela aurait-il un lien avec tes menstrues ?

— Vraiment, on ne peut rien te cacher !

— Ainsi avais-tu quelque bonne nouvelle à cacher à ton aînée ?

Comme des adolescentes, elles éclatèrent de rire. Prise dans cette euphorie, la fille de Kina ouvrit son cœur et raconta l'intégralité du coup de fil de Tsinga. Contre toute attente, Mme Ambonguila l'encouragea plutôt dans cette voie.

— Voilà enfin la fin de ta peine ! dit-elle, fixant carrément Ghélongo dans les yeux. Ma crainte trouve son terme. Le plan que Dieu a tracé, nul ne saura longtemps le brouiller. Je ne pourrais te retenir ma fille, tu vas repartir à la capitale, suis ta voie.

— Alors que j'avais crainte de te courroucer !

— Je m'évertuais à caser Bidona chez mon oncle, Dieu l'a embrouillé et l'a envoyé chez celui avec qui il a détourné. Ils sont de la même race. À peine a-t-il reçu une promesse d'embauche, le voilà qui commence la noce, ne sachant pas que c'est le meilleur moyen de te laisser enfin libre !

Elle appela Azilino et ses sœurs de venir débarrasser. Et en direction de Ghélongo, elle dit encore :

— Tu verras toi-même. Tel que c'est parti, ce jeune homme ira de bêtise en bêtise, de gâchis en gâchis, jusqu'à te perdre. Souviens-toi de ce que je t'avais dit à nos débuts : ton fiancé n'est pas le mari qu'il te faut… Car c'est ce qui est écrit. Il est aussi dit qu'aucune entrave n'est assez importante pour empêcher une union entre Tsinga et toi.

Elle parla et parla… Ghélongo buvait ce discours qui était en même temps une eau-de-vie. Le jour tournait et elles ne s'en rendaient pas compte. Les filles s'étaient retirées et elles n'avaient rien remarqué. Et Bidona, avait-il entendu l'audio de sa fiancée ? C'est en remontant que Ghélongo le trouva endormi devant la porte, complètement saoul.

XIX

Les deux années passées à Mbazambua étaient une période importante pour Ghélongo, une plongée dans une mine de réalités obscures. Lentement et progressivement, au fil des rencontres, elle avait compris et accepté d'affronter enfin sa destinée. Du retour à Iso, elle avait intégré Iyona, le lycée le plus prestigieux du pays. Encore une fois, Tsinga s'était montré d'un soutien inégalable. Bien qu'amoureux de Ghélongo, il s'était à corps perdu impliqué pour que Bidona obtînt le poste de chef du personnel à Punga, la société pétrolière concurrente de Poba.

Les trois mois passés à Beyeme, depuis son retour, n'avaient cependant rien changé dans la vie de couple. Ses menstrues continuaient de couler, souvent à flots. Fidèle à ses convictions, Bidona dormait toujours sur son lit de camp. Une situation qu'il supportait aisément, dès lors qu'il prenait du plaisir dehors. L'argent que Punga lui versait ne servait qu'à la conquête de filles qu'il rencontrait en boîtes de nuit.

C'était dans un de ces lieux nocturnes que la sulfureuse Obia l'avait piégé un samedi soir. Depuis qu'elle cherchait comment détruire Ghélongo, elle voyait en Bidona le cancre parfait. Il avait des défauts exploitables : une vie excessivement encrassée, un goût effréné pour le sexe, un prétentieux dissipateur. Aimant comme lui des boîtes de nuit, Obia n'avait pas eu du mal à connaître celle qu'il fréquentait davantage.

Ce soir-là, la jeune femme avait mis ses plus belles parures. Ornée de ses plus beaux atouts, elle savait qu'elle attirerait l'attention du bel oiseau. Sur la piste de danse, il n'y avait pas grand monde. C'était le moment idéal qu'elle choisit d'entrer en scène. Prestement, elle se leva et monta sur la piste. À deux pas, Bidona assis regardait la scène. Ainsi se postait-il habituellement, à l'affût de celle avec qui passer la nuit. Sur le phonographe, Ndombé Pépé chantait *Folie d'amour*. Danseuse hors pair, Obia se mouvait et ses pas excitèrent l'assistance. Assis et regardant, le fiancé de Ghélongo avait des crampes à l'aine. Ne pouvant plus se retenir, il se leva et gagna la piste. Excellent danseur lui aussi, il se rapprocha d'Obia. Devant le regard de tous, ils mobilisèrent chacun de son côté l'attention. Le DJ enchaîna immédiatement avec *Idiba* de Manu Dibango. Cette musique lente exigeait d'eux un rapprochement. Serrés l'un à l'autre, ils formaient sur scène un couple harmonieux.

— Viens à ma table, le veux-tu ? demanda-t-il.

— Venant de toi, je ne saurai résister.

Dits d'une voix langoureuse, ces mots envoûtèrent davantage le jeune homme. Cherchant à l'éblouir, il commanda du champagne. Dans la conversation qui suivit, Bidona apprit qu'ils étaient des voisins de quartier.

— Je t'ai remarqué dès le premier jour, avoua-t-elle. Par ton visage, ton corps et ta démarche, je t'ai aimé.

— Tu es aussi franche que tes mouvements quand tu danses ! Et moi qui avais les yeux ailleurs, je ne t'ai jamais vue. Il a fallu cette nuit magnifique.

— Il n'est jamais trop tard.

— Oui, mieux vaut tard que jamais.

Un baiser et des attouchements scellèrent la rencontre. Ils ne tardèrent plus à quitter les lieux, car leurs nerfs étaient tendus à l'extrême. Jamais Bidona n'avait éprouvé une telle envie d'une fille. C'est tout naturellement qu'il accepta de passer la nuit chez Obia. Plusieurs fois il avait découché, mais jamais à quelques pas de chez Ghélongo. Quand il se mit au lit avec la voisine, quand ils firent l'amour, Bidona eut l'impression d'avoir enfin rencontré son âme sœur. Les gestes, les câlins, les baisers, les positions… Obia, c'était l'idéal. À entendre ses gémissements et d'autres murmures d'amour, il jouissait comme il n'avait joui auparavant, il connut plusieurs fois l'extase.

— Tu es sublime !

— Et toi aussi, mon prince !

Ils s'épuisèrent à force de jouissance et s'endormirent ainsi, l'un dans l'autre. Vers 4 heures du matin, ils se réveillèrent et à nouveau s'aimèrent avec la même fougue, jusqu'à épuisement. Poursuivant son plan bien mûri, Obia dit :

— Ghélongo est une fille bénite, car tu es un très bon au lit. Elle a fait de bonnes études, elle a tout eu dans la vie…

— Depuis quand la connais-tu ?

— Depuis toujours.

Bidona avait enfin la chance de connaître le passé de sa fiancée. Depuis le déclenchement de ses menstrues, il se posait beaucoup de questions qui jusqu'ici étaient sans réponse. Encore sous l'emprise du délire, il n'hésita pas à raconter que sa fiancée et lui faisaient lit à part. Obia était aux anges, Bidona venait de lui offrir un motif suffisant pour la détruire. Elle lui dit :

— Sa famille est décédée au cours d'un accident dont elle seule était sortie indemne. Elle avait alors trois ans. Lors d'un séjour en Asie, son père Yondzi avait signé des pactes avec une divinité indienne. Revenu en son pays, il avait refusé de satisfaire ses engagements…

— D'où l'accident ?

— Oui.

— Mais pourquoi Ghélongo n'avait pas péri, elle aussi ?

— Ce n'était qu'une enfant. Mais par contre son premier mari mourra. Si jusqu'ici vous n'avez pas encore eu des rapports sexuels, c'est sûrement que tes ancêtres te protègent…

— Ils lui auraient *envoyé* ces menstrues pour m'obliger à la quitter ?

— Tu as tout compris !

— Et toi, comment connais-tu tout cela ?

— Ghélongo et moi sommes nées ici, dans ce quartier. Ce que je sais, elle le sait aussi. À la mort de ses parents, les langues se sont déliées et tout le monde en parlait. Peu après, devant moi, sur le sentier qui mène à la pompe, elle a communiqué avec un serpent qui nous menaçait. Je te dis, elle a hérité de la magie que son père a ramenée de l'Asie.

Elle dit et, prenant son visage entre ses paumes, posa sur son front un baiser brûlant. Une chaleur intense lui ravagea l'esprit et il s'endormit. Le lendemain à 6 heures, il quitta Obia complètement acquis à son discours.

Bidona déplia son lit de camp et fit semblant de s'endormir. Ghélongo l'avait entendu rentrer. Comme c'était devenu la routine, les virées nocturnes de son fiancé ne l'étonnaient plus. En son cœur elle les avait même souhaitées. Sous les draps, elle faisait semblant de dormir et ronflait par-dessus tout. Encore ivre de la nuit passée dans les bras d'Obia, excité par ses *révélations*, Bidona réfléchissait sur son lit de camp. Si la décision de partir était déjà prise, il hésitait encore. Fuir, s'en aller sans dire au revoir s'imposait. Mais il redoutait de perdre son emploi. Très vite, il écarta cette option. Ne lui restait plus que la négociation. Or pour négocier, il lui fallait du courage !

Le jour s'étirant, Ghélongo sortit du lit. Elle trouva son fiancé assis au salon, l'air pensif, le visage froissé. Il la vit arriver et se leva pour l'embrasser. La prenant par la main, il la fit asseoir en face de lui. Ghélongo s'étonna de cette marque d'attention, car il avait cessé avec ces bonnes manières depuis longtemps. Assise en face de lui, elle essayait de comprendre.

— Mon amie, dit-il, j'ai quelque chose à te dire.

— Je t'écoute.

— La relation sexuelle dans un couple n'est pas le plus important ! Cependant, sans elle l'intimité est quasi impossible. Or, depuis bientôt trois années, nous faisons lit à part. Tes menstrues empêchent tout accouplement. C'est un signe que nous avons refusé d'analyser jusqu'ici…

Il fit une pause, respira profondément et ajouta :

— Pour ne pas forcer les choses, je préfère partir !

Il s'agitait. Malgré la fraîcheur, il transpirait comme un coureur de cent mètres. Au bout de deux minutes environ, elle lui demanda :

— As-tu bien pesé ta décision de partir ?

— Oui.

— Et, où iras-tu habiter ?

— Cela ne te regarde pas, tout est désormais fini entre nous. Pour m'avoir permis de trouver un travail, je te reste très reconnaissant. S'il te plaît, comprends-moi et séparons-nous comme des adultes responsables !

— Alors, ainsi soit-il !

— Sans rancune ?

— Absolument !

— Rends-moi la bague !

Elle retira la bague et la mit dans sa main. Rassuré, Bidona décrocha son téléphone, murmura quelque chose et raccrocha. Il emballa ensuite ses effets personnels. Quand il termina, Ghélongo l'aida à les transporter dehors. Elle fut surprise de voir Obia devant la barrière avec un sourire espiègle aux lèvres. C'est elle qui reçut les affaires de Bidona, c'est elle qui les transporta jusqu'à la route. La fille de Kina réalisa jusqu'à quel niveau était descendu le fils de Mukobé. Elle les regardait remonter le sentier. Ainsi finissaient ces fiançailles contre nature.

Ghélongo revint dans la maison avec le sentiment de s'être totalement affranchie. C'est alors qu'elle eut envie d'aller se soulager. Auparavant, quand le désir de pisser la prenait, une forte anxiété aussitôt l'ébranlait, la crainte de voir ses règles la terrorisait. Bizarrement, au lieu de cela, c'est avec joie qu'elle s'accroupit sur le WC. Pour la première fois depuis deux années et quelques mois, c'est une belle urine claire qui sortit de sa vessie. Elle exulta, convaincue que le départ de Bidona était la fin de la malédiction.

Au comble de la joie, elle appela Tsinga :

— Allo, es-tu chez toi ?

— Oui, je suis à la maison.

— Es-tu seul ?

— Je suis seul.

— J'arrive avec ton cadeau.

— Un cadeau ?

— Attends seulement !

Et elle raccrocha, laissant Tsinga abasourdi à l'autre bout de fil. Depuis son retour de province, elle l'évitait. Son existence partagée entre le lycée et la *gestion* de son *ennui* ne lui permettait pas une quelconque distraction. Tsanda aussi se plaignait de son isolement. Ghélongo appela Mme Ambonguila :

— Bidona vient de me quitter, et après son départ, je ne saigne plus !

— Comment s'est passée la séparation ?

Calmement, Ghélongo raconta. Au bout du récit, la proviseure dit :

— Te voilà libérée ! Suis le vrai chemin et bénis l'Éternel !

— Merci !

Au bout du « chemin », il y avait Tsinga qu'elle trouva sur le seuil. Elle sauta à son cou et lui tendit ses lèvres. Surpris par cet élan, il perdit l'équilibre, mais se rattrapa de justesse en s'adossant au mur. Elle le prit par le bras et l'entraîna dans sa chambre. Il se laissa entraîner par une tempête de baisers.

— Bidona m'a quittée ce matin, ainsi que mes menstrues !

Elle irradiait et, dans cette lumière, lui dévoila sa lumineuse nudité. Il n'y avait plus une seule goutte de sang. Tsinga y mit la main et la main toucha l'anneau de Mughési, et l'anneau de Mughési s'emballa. Ghélongo vibrait comme jamais. Alors, elle s'entendit dire :

— Perfore-moi, fais couler ton jus de canne dans mon calice !

— Ton calice voudra-t-il s'enivrer du jus d'un puceau ?

— Ainsi sommes-nous encore tous deux vierges ? Bénis sois-tu, Seigneur !

Dans leur précipitation, tombèrent ceinture et chemise, éclatèrent corsage et soutien-gorge. Le hennissement du cheval ; le rut de la jument ; l'envol des tisserins ; le trépignement des buffles… Ils couraient à travers forêts et plaines, ils couraient le long des rivières, ils couraient contre vents et tempêtes. Ils s'entendirent dire :

— Tu m'as perforée et inondée !

— Tu m'as cassé et ruiné !

— Aï, je tangue et m'écroule !

— Aï, je flotte et m'écrase !

Ils émergèrent ruisselants de semence. Tsinga la regarda et demanda :

— Mon cadeau, où est-il ?

— Ne sois pas aveugle, tu l'as dans tes bras !

— Pourquoi donc me fuyais-tu ?

— Tu es l'oncle de Tsanda, tu es le fils de Denge, tu es le neveu de Diongo, tu es le cousin de Ghédimo… Tous ces gens m'ont adoptée et me considèrent. Je ne veux pas qu'ils me prennent pour une fille de mauvaise moralité. Mon départ en province était une fuite, mais peut-on indéfiniment fuir son destin ?

—Il lui répondit :

— Je comprends à présent et cela tombe bien ! La semaine prochaine, papa et tante Diongo seront dans cette maison pour la dot de Tsanda.

— Attention, ne brusque pas les choses !

— J'ai ma petite idée là-dessus.

Repus, ils se levèrent, heureux et fiers. Ils venaient de naître l'un pour l'autre. La messe dite, dimanche continuait à s'étirer. L'univers leur ouvrait ses bras. Tsinga bâilla.

— Je t'attendais, et me voici devenu un homme ! dit-il.

— Je t'ai retrouvé, et me voici devenue une femme ! répondit-elle.

Main dans la main, ils entrèrent dans la douche, et dans la douche ils s'aimèrent encore et encore. Malgré la torture de la déchirure, Ghélongo tenait le coup. Malgré les griffures du chemin, Tsinga pas à pas trottait. Ils avaient du temps à rattraper. Au bout de l'effort était l'enfer, était l'amour.

— Promets-moi de garder secrète cette liaison ! dit-elle.

— Je te le promets ! répondit-il.

— Jusqu'à ta rencontre avec les tiens !

— Jusqu'à ma rencontre avec les miens !

Ainsi conclurent-ils. Elle le laissa dans la joie, et dans la joie partit rencontrer Tsanda qui habitait avec son fiancé. Après Beyeme, ils logeaient à Sola, dans un appartement de deux chambres. Situé dans la vallée du mont Tsendè, ce quartier abritait la majorité des enseignants. Pour contribuer à leur équipement, le ministère de l'Éducation nationale avait mis à leur disposition des appartements en location-vente. Le soleil jetait son ombre sur la vallée quand Ghélongo sonna à la porte. C'est Tsanda qui lui ouvrit. Surprise de la voir, elle lui lança :

— Toi ? Voici bien longtemps que tu as choisi de te claustrer !

— Je comprends ta mauvaise humeur, mais laisse-moi t'expliquer.

Elles s'embrassèrent et au salon retrouvèrent Yanza. Celui-ci se leva et embrassa la visiteuse. Aussitôt, la fille de Kina leur apprit le départ de son fiancé. La réaction de Tsanda fut violente et méprisante :

— Le malheureux, après t'avoir fait perdre tout ce temps !

— Imagine avec qui !

— Voudrais-tu dire que c'est à cause d'une femme ?

— Obia !

— Non !

Elle expliqua à Yanza qui était Obia, en ajoutant :

— Si ton ex-camarade de classe a retrouvé son orgueil, c'est grâce au travail que lui a trouvé tonton Tsinga. D'ailleurs, je vais lui en toucher un mot, et ce malheureux retournera au chômage.

— Ce n'est pas la peine ! intervint Ghélongo.

— Toi, avec ton grand cœur !

— Viens seulement, que je te montre quelque chose !

Elles s'isolèrent dans le WC des visiteurs. Tsanda découvrit que son amie ne portait plus de serviette hygiénique. Quel ne fut pas son étonnement ! Ghélongo lui expliqua comment ses règles avaient arrêté de couler dès que Bidona avait repris sa bague. Revenue auprès de Yanza, Tsanda dit :

— Je pense que l'écoulement de tes règles avait un lien avec ce garçon. Et tu ne veux toujours pas qu'on lui retire son travail ? Yanza, qu'en penses-tu ?

Dépassé par le comportement de son ex-camarade, celui-ci commença par présenter à Ghélongo des excuses. Il avoua ensuite que depuis ce jour-là, Bidona ne l'appelait plus. Pour conclure, il dit :

— Je doute fort que ton oncle revienne sur son aide. Tsinga est un homme intègre. Il refusera de faire justice à la place de Dieu. Ghélongo a raison.

Tsanda se calma. Quand elle reprit la parole, c'était pour dire à son amie :

— Yanza et ses parents seront chez tonton Tsinga demander ma main. Après la cérémonie, qui se déroulera en présence de mamie Diongo et de papi Denge, je vais soulever ce problème.

— Qu'attends-tu d'eux ? demanda Yanza.

— Par mon amitié avec Ghélongo qui a perdu ses parents, ma famille est devenue aussi la sienne. Ils trouveront forcément une solution.

— Et toi-même, n'as-tu rien à dire ?

La fille de Kina haussa les épaules en guise de lassitude et renchérit :

— Les parents de Tsanda m'ont quasiment adoptée. Leur solution ne saurait être que bénéfique pour moi !

Tsanda apprécia la réponse de Ghélongo. Pour marquer cette issue, les trois camarades décidèrent de sortir prendre une collation. Unanimement, ils choisirent Egneng-melen. En cette fin d'après-midi, le café-bar avait moins de monde qu'habituellement. Ces anciens étudiants devenus enseignants ne manquaient ni esprit ni caprice. Ils demandèrent au barman d'offrir aux quelques consommateurs présents ce qu'ils voulaient boire. Tous optèrent pour la bière locale. Ils leur en offrirent quatre casiers. À une table isolée était un personnage obscur, une espèce de mystique avec un chapeau enfoncé jusqu'aux oreilles. C'était un observateur silencieux qui ne consommait rien. Les trois camarades interpellèrent à nouveau le barman et, de commun accord, demandèrent une bouteille de Baileys. Alors qu'ils buvaient et discutaient, le fameux personnage vers eux arriva. Ôtant son chapeau, il dit :

— Voulez-vous m'accorder un peu de votre temps ?

— Pourquoi pas ? lui répondit Yanza.

Il s'assit avec son chapeau sur les genoux.

— Tous les trois, vous avez un bon cœur ; le geste que vous venez de faire n'en est qu'une infime illustration. Vous êtes des enseignants, c'est écrit sur vos doigts qui ne sont que les antennes de votre esprit…

Intrigués, ils se regardèrent tour à tour. L'homme sourit et poursuivit :

— Vous vous demandez si je suis un aliéné mental, un diseur de bonnes paroles ! Qu'importe ! Je viens adoucir les esprits…

—Il parlait bas, car son discours n'avait qu'eux pour destinataires. Mus par un courant invisible, ses doigts vibraient.

— Jeune homme, vos parents ont fait fortune dans le wax hollandais. Ce sont d'honnêtes gens, soyez-en fiers. Dans quelques jours, ils feront le nécessaire, et cette demoiselle deviendra votre femme. Bénissez Dieu qui l'a permis…

Jetant de temps en temps des coups d'œil alentour, il continua sur sa lancée :

— Vous êtes brillant parce que le wax a donné à vos parents les moyens de votre culture, afin que Dieu réalise son plan, celui de vous mettre sur la voie de votre future femme, cette demoiselle !

Le barman se rapprocha, mais il ne vit pas la quatrième personne. Sur la table, les trois verres étaient à peine entamés. Il repartit à son comptoir.

— Quant à vous, la future épouse, poursuivit l'étrange personnage, votre voie est toute ouverte. Laissez-vous guider simplement et n'ayez aucune crainte. Aussi longtemps que vous serez avec votre amie ici présente, vous resterez bénie. Votre grand-mère est précieuse, écoutez-la !

Pour finir, il se tourna vers Ghélongo, lui prit la main et la garda.

— Vous avez fui par peur d'être jugée, dit-il. Quand Dieu a tracé un sentier, aucun humain ne peut le dévier. Vos parents sont décédés par Sa volonté. C'est Lui qui vous a mise sur le chemin de cette future dame, afin que Son plan se réalise. Et il se réalisera !

—Il lâcha sa main, remit son chapeau sur la tête et se leva. Au lieu de repartir vers sa table, il se dirigea du côté de l'océan, dont les vagues battaient la mesure. Le soir tombait lentement sur le ballet des oiseaux. Le premier, Yanza réagit :

— Dites, l'avez-vous vu et entendu ?

— Moi, renchérit Tsanda, je l'ai vu et entendu.

— Il était là, nous n'avons pas rêvé !

— Il connaissait son sujet.

— Assurément !

Ghélongo n'ajouta rien. Tsanda non plus n'osa faire d'autre commentaire. Quels que fussent ses sentiments pour Yanza, il restait un étranger par rapport à leurs *secrets*. Car elles avaient compris. Celui qui maîtrisait à la perfection ces réalités n'était qu'un avatar. Vers quel endroit se dirigeait-il en quittant Egneng-melen, sinon vers la mer ? La présence de Mughési était dans l'air. Yanza était assez intelligent. Depuis qu'il fréquentait les deux amies, leur complicité dans le mystère ne lui avait pas échappé. Par sa culture, il savait que certaines âmes avaient de bonnes connexions, et d'autres de mauvaises. Pourquoi se préoccuper de ce qui lui était profitable ?

Ils vidèrent la bouteille de Baileys et, sous le regard bienveillant des consommateurs, quittèrent les lieux.

Une semaine plus tard, Yanza et les siens se retrouvèrent chez Tsinga. Mais c'est Denge qui, faussement surpris par cette délégation, se leva avec son bâton et dit :

— C'est la maison de mon fils Tsinga et l'on m'y considère. Je vois devant moi une assemblée d'étrangers. Qui êtes-vous et qui cherchez-vous ?

— Je suis Yanza, le père de Yanza ; je suis un buffle essoufflé dont le petit, à force de courir derrière sa source, a soif d'énergie. Bel ami, où est-elle ?

— Cette source chère à ton petit, quel est son nom ?

— Tsanda !

— Comment sais-tu qu'elle coule dans la maison de mon fils ?

— Bel ami, ne me complique pas la vie !

— Prends place avec ta délégation, laisse-moi vérifier !

Denge frappa avec son bâton trois coups sur le sol carrelé. Sortirent des chambres les membres de son lignage qui s'installèrent en face des gens de la maison de Yanza. Le protocole de la dot se déroula selon la tradition. On déballa la marchandise et on compta l'argent. On conseilla les nouveaux mariés et, symboliquement, Tsanda rejoignit la maison de son époux. Il y eut une collation avant la séparation. Prétextant, un coup de fatigue, Ghélongo se retira.

Comme elle l'avait prévu, Tsanda resta avec ses parents à trouver une solution pour l'avenir de son amie. Elle parla la première et situa le débat. À sa suite Tsinga dit :

— Je suis vraiment désolé, car c'est moi qui ai trouvé le travail à Bidona. Mais, si vous me demandez de le faire renvoyer, je refuserai. Mes convictions religieuses me l'interdisent. Je laisse les desseins de Dieu s'accomplir.

— Ghélongo a reçu une bonne éducation, dit Denge. Elle est belle, un jour elle trouvera un bon époux. Si j'étais encore jeune, assurément je l'aurais prise pour femme, puisque selon nos us et coutumes, l'amie de la petite-fille est la petite-fille. Et ce n'est pas toi, Tsanda, qui s'y opposerait.

Alors, sur les paroles de son frère, Diongo dit à son tour :

— Mon frère, si tu étais effectivement de la génération de Tsanda et son amie, tu épouserais son amie. Tsinga est encore célibataire, il formerait bien avec Ghélongo un bon couple.

Fougère nourrie de vent, d'air et d'eau, Diongo termina ses paroles le regard posé sur Tsanda. Dans ses yeux, la petite-fille y lut un message dont le sens était clair. De son côté, Tsinga bénissait le Seigneur. Quand Denge lui demanda ce qu'il pensait de la proposition de sa tante, il dit humblement :

— Ce que ta sœur a dit me convient, car Ghélongo est de bonne moralité. Si elle veut de moi, je serai pour elle un excellent mari.

C'est là que Tsanda, suivant le message muet de sa grand-mère, donna à son oncle ce conseil :

— Tonton, je t'aiderai à conquérir le cœur de mon amie. Ghélongo fera de toi un homme heureux, et te donnera des enfants d'une moralité rectiligne. Laisse-moi faire, je te le dois bien.

Ce fut un samedi splendide. Cette réunion se termina par des conseils que la famille adressa à Tsinga. Denge vieillissant avait besoin de lui pour conduire les affaires. Il était commode qu'il songeât à se marier.

XX

Le quartier Beyeme, comme le reste de la ville, croulait sous la pluie. C'était une journée sale, un dimanche pourri. Les vacances de Noël venaient de commencer. Quatre mois après le mariage coutumier de Tsanda et les fiançailles de Ghélongo, les deux amies étaient tombées enceintes, presque au même moment. Le ventre n'était pas encore visible. Elles préparaient leurs noces jumelées. Assises face à face, elles se plaignaient du mauvais temps.

— Que le ciel pisse toute son urine, dit la petite-fille de Diongo, pour que mardi prochain soit ensoleillé !

— Que les dieux t'entendent, imagine une journée de mariage sous l'orage !

Toutes étaient aux anges. Plus unies que jamais, ces futures dames étaient la parfaite illustration de l'amour divin. Venant d'horizons différents, rien ne présageait qu'elles seraient presque parentes. Le repas terminé et la vaisselle faite, elles avaient pris place au salon pour remonter le temps. Tsanda plaisanta en disant à son amie :

— Tu es vraiment spéciale !

— Explique-toi.

— Vouloir s'opposer au destin, il faut être toi !

Ghélongo sourit et fixa Tsanda avant de dire :

— Je ne savais pas comment vous prendriez cela, les voies du destin sont si invisibles ! Convaincue que ce qui est établi finit tours par se réaliser, j'ai pris le risque. La bague de Mughési avait réagi lors de mon premier contact avec ton oncle, le courant entre lui et moi avait circulé sous ton regard ce jour-là…

— J'étais là, assise bêtement, sans voir !

— Ma demande d'affectation à Mbazambua était une fuite !

— Bidona, c'était donc un amour bidon, une fable !

— Or, la fable est un récit qui n'a ni consistance ni résistance !

L'orage à l'extérieur faisait rage. Le vent soufflait des toitures mal ficelées.

— Si je t'avais dit que la bague a réagi au contact de ton oncle, comment alliez-vous me regarder, ta famille et toi ?

Tsanda baissa la tête. En cet instant-là, elles entendirent du bruit vers la porte. Croyant que c'était le souffle de l'orage, elles n'y prêtèrent pas attention. Mais le bruit devint clairement un appel à l'aide. Intriguée, Ghélongo alla vérifier. Elle ouvrit et tomba sur Bidona trempé jusqu'aux os. Elle lui prit le bras comme un enfant et le mena au salon.

— Toi ? cria Tsanda, sur le point de sortir ses griffes.

— S'il te plaît, ne vois-tu pas son état ?

— Tu es vraiment à l'image de ton mari, bonne jusqu'à la moelle !

Ignorant la critique, Ghélongo offrit au malheureux une boisson chaude. Ayant repris un peu de force, l'homme raconta son calvaire : il avait perdu son poste suite à une querelle banale avec son employeur ; n'ayant plus de salaire, Obia l'avait quitté ; ne pouvant plus payer son loyer, le bailleur l'avait mis dehors ; en souvenir du passé, il venait demander un peu d'argent.

L'orage avait baissé en intensité, et du vent il ne restait qu'un souffle mou. Tsanda regardait Ghélongo qui regardait Bidona. Celui-ci faisait grise mine. La fiancée de Tsinga entra dans sa chambre. Au bout d'un moment, elle en ressortit avec une enveloppe qu'elle tendit à l'homme mouillé en disant :

— Prends, tout est désormais fini entre nous !

— Fini entre nous ?

— Souviens-toi, ce sont tes propres mots !

Il n'insista plus. Mais à peine était-il dehors qu'elles l'entendirent crier. Curieuses comme toutes femmes heureuses, les deux amies se précipitèrent dehors. Le pauvre homme était aux prises avec Obia sur la route. L'enveloppe dans la main, Bidona tentait de sauver son bien que la malheureuse voulait prendre de force. Dans la boue et sur les cailloux, ils roulaient.

— Rentrons, dit Ghélongo, c'est une affaire de couple.

— Ce malheureux garçon est maudit !

Tsanda dit, et rentra derrière son amie. Elles continuèrent à remonter le temps. L'image de Père Nicaise s'imposa à elles. Les deux amies n'avaient pas oublié que c'est chez ce bon curé qu'elles s'étaient rencontrées. Tsanda dit :

— Après le mariage civil à la mairie, suivi du religieux dans l'après-midi à Saint-Pierre, nous lui rendrons visite le lendemain.

— Oui, tu as parfaitement raison, j'affirme que c'est lui qui nous a ouvert le chemin. Nous passerons le remercier avec une bonne bouteille.

Les images de Nima et Mughési s'imposèrent ensuite à leur esprit. Très inspirée, Ghélongo proposa :

— Je pense que nos filles devraient être présentées à ces deux dames.

— Oui, elles recevront la même bénédiction que leur mère.

— Le problème avec Mughési, c'est son lieu de résidence !

— S'y rendre nécessitera l'implication de Diongo.

Les deux échographies, faites à trois reprises chez des médecins différents, avaient affiché des bébés de sexes féminins. Ghélongo renchérit :

— Alors, nous les emmènerons d'abord chez Nima, c'est plus accessible.

— Devrions-nous en parler avec leurs pères ?

— Quand Diongo nous a présentées à Mughési, avait-elle eu besoin de l'avis de ton père ? Souviens-toi de ce que nous avait dit Nima : le jumeau de Mughési encadre les mâles.

Elle se leva et ferma les fenêtres. Le jour déclinait, elles devaient regagner chacune son homme. Revenue auprès de Tsanda, Ghélongo ajouta encore :

— Toutes ces entités positives sont des avatars du Seigneur, le Maître de la Création, avait dit Nima. Quand nous aurons des enfants mâles, leur sort dépendra de ce que décideront leurs pères.

Tsanda n'ajouta plus rien, sa confiance en cette sœur était totale. Elles sortirent de la maison. En passant devant chez Obia, elles la virent, le visage tuméfié. Elles virent aussi Bidona, assis par terre, torse et pieds nus. Le couple, visiblement, faisait peine à voir. Quand les deux amies prirent le sentier qui montait, elles étaient deux étoiles qui regagnaient les cieux, leur éternelle demeure.

ROMANS DÉJÀ PARUS

La confession de Hounga – Okoumba-Nkoghe
Le pacte d'Afia – Okoumba-Nkoghe

Réalisation de maquette : GNK Éditions Gabon

TEL : (+241) 066 600 380
gnkeditions.gab@gmail.com
Site : www.gnk-editions.com

ISBN papier : 978-2-37806-301-6
ISBN pdf : 978-2-37806-302-3
ISBN epub : 978-2-37806-303-0

Imprimé par **Impression**
gnk.impression@gmail.com/ (+241) 077 853 540
Dépôt légal N° 18306 du 01 février 2022
1er Trimestre 2022

9 782378 062613